念楼学短

钟叔河自题

第二册

中华书局

序

杨绛

上个世纪的八十年代，钱锺书曾主动为钟叔河先生的《走向世界》一书写过一篇序文。那时的钱锺书才七十五岁，精力充沛。《走向世界》一书是促使国人向前看。

时光如水，不舍昼夜地流逝。二十年过去了。世事也随着变易。叔河先生这回出了念楼学短的合集，专求书价便宜，让学生买得起。他现在是向钱看了。他要我为这部序了些字一篇序。可是一转瞬间，我已变成年近百岁的老人。老人腕弱，要握笔写序。一支笔是有千斤重

啊！可是"双序珠玉交辉"之说，颇有诱惑力。反正我实事求是，只为这部合集说几句恰如其份的话。《念楼学短》合集，选题好，翻译的白话好，注释好，批语好，读了能增广学识，读来又趣味无穷。不信，只需试读一篇两篇，就知此言不虚。多言无益，我这几句话，自有千钧之重呢！

二千零九年六月十二日

自序

鍾叔河

【一】

學其短，是學把文章寫得短。寫得短當然不等於寫得好，但即使寫不好，也可以短一些，彼此省時省力，功德無量。

漢字很難寫，尤其是刀刻甲骨，漆書竹簡，不可能像今天用電腦，幾分鐘就是一大版。故古文最簡約，少廢話，這是老祖宗的一項特長，不應該輕易丟掉。

我積年抄得短文若干篇，短的標準，是不超過一百個漢字，而且必須是獨立成篇的。現從中選出一些，略加疏解，交《新聞出版報》陸續發表。借用鄭板橋的一句話：「有些好處，大家看看；如無好處，糊窗糊壁、覆瓿覆盎而已。」如今不會用廢紙糊窗糊壁封罈蓋碗了，就請讀者將其往字紙桶裏一丟吧。

一九九一年八月二十日於長沙

（首刊一九九一年九月一日《新聞出版報》）

【二】

《學其短》幾年前在北京報紙上開專欄時，序言中說：「即使寫不好，也可以短一些，彼此省時省力，功德無量。」這當然是有感而發。因為自己寫不好文章，總嫌囉唆拖沓，既然要來「學其短」，便不能不力求其短，這樣稿費單上的數位雖然也短，庶可免王婆婆裹腳布之譏焉。

此次應《出版廣角》月刊之請，把這個專欄續開起來，體例還是照舊，即只介紹一百字以內的文章，而且必須是獨立成篇的。也還想趁此多介紹幾篇純文學以外的文字，因為我相信，有很多人和我一樣，常親近文章，卻未必敢高攀文學。

學其短，當然是學古人的文章。但古人遠矣，代溝隔了十幾代，幾十代，年輕人可能不易接近。所以便把我自己是如何讀，如何理解的，用自己的話寫下來。這些只是我自「學」的結果，頂多可供參考，萬不敢叫別個也來「學」也。

一九九八年十二月十日於長沙

（首刊一九九九年《出版廣角》第一期）

【三】

「學其短」從文體着眼，這是文人不屑為，學人不肯為的，我卻好像很樂於為之。自己沒本事寫得長，也怕看「講大道理不怕長」的文章，這當然是最初的原因；但過眼稍多，便覺得看文亦猶看人，身材長相畢竟不最重要，吸引力還在思想、氣質和趣味上。

「學其短」所選的古文，本是預備給自己的外孫女兒們讀的。如今課孫的對象早都進了大學，而且沒有一個學文的，服務已經失去了對象。我自己對於古文今譯這類事情其實並無多大興趣，於是便決定在舊瓶中裝一點新酒。——不，酒還應該說是古人的酒，仍然一滴不漏地裝在這裏；不過寫明「念樓」的瓶子裏，卻由我摻進去了不少的水，用來澆自己胸中的壘塊了，即標識為「念樓讀」尤其是「念樓曰」的文字是也。

這正像陶弘景所說的，「只可自怡悅，不堪持贈君」。借題發揮雖然不大敢，但箭在弦上不得不發時，或者也會來那麼兩下吧。

二〇〇一年六月十一日於長沙城北之念樓

（首刊二〇〇一年六月十九日《文匯報・筆會》）

【四】

「學其短」十年中先後發表於北京、南寧和上海三地報刊時，都寫有小序，此次略加修改，仍依原有次序錄入，作為本書序言。要說的話，歷經三次都已說完，自己認為也說得十分清楚了。

三次在報刊上發表時，專欄的名稱都是「學其短」，這次卻將書名叫做「念樓學短」。因為「學其短」學的是古人的文章，不過幾十百把個字一篇，而「念樓讀」和「念樓曰」卻是我自己的文字，是我對古人文章的「讀」法，然後再借題「曰」上幾句，只能給想看的人看看，文責自負，不能讓古人替我負責。

關於念樓，我曾經寫過一篇文章，最後一句是這樣說的：

「樓名也別無深意，因為──念樓者，即廿樓，亦即二十樓也。」

二〇〇二年六月四日

（首刊二〇〇二年湖南美術出版社《念樓學短》一卷本）

【五】

「學其短」標出一個「短」字，好像只從文章的長短着眼，原來在報刊上發表時，許多人便把它看成古文短篇的今譯了。這當然不算錯，因為我拿來「讀」和「曰」的，都是每篇不超過一百字的古文，又是我所喜歡，願意和別人共欣賞的。誰若是想讀點古文，拿了這幾百篇去讀，相信不會太失望。

可是我的主要興趣卻不在於「今譯」，而是讀之有感，想做點自己的文章。這幾百篇，與其說是我譯述的古文，不如說是我作文的由頭；雖說太平盛世無須「借題發揮」，但借古人的酒杯，澆胸中的壘塊，大概也還屬於「夫人情所不能止者，聖人弗禁」的範圍吧！

當然，既名「學其短」，對「學」的對象自然也要尊重，力求不讀錯或少讀錯。在這方面，自問也是盡了力的，不過將「貶謫」釋讀成「下放」的情況恐仍難免。雖然有人提醒，貶謫是專制朝廷打擊人才的措施，下放是黨和人民政府培養幹部的德政，不宜相提並論。但在我看來，二者都是人從「上頭」往「下頭」走，從「中心」往「邊緣」挪。不同者只是從前聖命難違，不能不「欽此欽遵」剋期上路；後來則有鑼鼓相送，還給戴上了大紅花，僅此而已。於是興之所至，筆亦隨之，也就顧不得太多了。

二〇〇四年元旦

（首刊二〇〇四年安徽教育出版社《學其短》一卷本）

【六】

二〇〇二年由湖南美術出版社初版的《念樓學短》一卷本，只收文一百九十篇。此次將在別處出版和以後發表於各地報刊上的同類短文加入，均按《念樓學短》一卷本的體例和版式作了修訂，以類相從編為五十三組，分為五卷，合集共計五百三十篇。

抄錄短文加以介紹的工作，事實上是從一九八九年夏天開始的，說是為了課孫，其實也有一點學周樹人躲進紹興縣館抄古碑的意思。一眨眼二十年過去，我已從「望六」進而「望八」，俟河之清，人壽幾何，真不禁感慨繫之。

《念樓學短》的本意，當然是為了向古人學短，但寫的時候，就題發揮或借題發揮的成分越來越多，很大一部分都成了自己的文章。我的文章頂多能打六十分，但意思總是誠實的。此五卷合集，也妄想能和八五年初版的拙著《走向世界》一樣，至今已四次重印，得以保持稍微長點的生命。《走向世界》書前有錢鍾書先生一序，這次便向楊絳先生求序，希望雙序珠玉交輝，作為永久的紀念。九十九歲高齡的楊絳先生身筆兩健，惠然肯作，這實在是使我高興和受到鼓舞的。

二〇〇九年六月十日

（首刊二〇一〇年湖南美術出版社《念樓學短合集》）

九

【七】

　　《念樓學短》（《學其短》）每回面世，都有一篇自序，這回已是第七篇；好在七篇加起來不過三千五百字，平均五百字一篇，還不太長。

　　《念樓學短》和《學其短》，開頭都是一卷本，後來合二為一，一卷容納不了五百三十篇文章（雖然都是短文），於是成了合集五卷本。至今五卷本已經印行三次，銷路越來越廣，印數越來越多；有的讀者又覺得五卷本有些累贅。

　　從本版起，《念樓學短》將分上下卷印行，五卷本成了兩卷本，但內容五十三組五百三十篇仍然依舊，只將各組編排次序略予調整。比如將「蘇軾文十篇」「陸游文十篇」調整到「張岱文十篇」「鄭燮文十篇」一起，以類相從，也許會更妥帖一些。

　　八十年前見過一本清末外國傳教士編印的書，將《聖經》中同一段話，用各種文字翻譯出來，各佔一頁，只有中國文言文的譯文最短。我說過，我們的古文「最簡約，少廢話，這是老祖宗的一項特長，不應該輕易丟掉」。但老祖宗的時代畢竟是過去了，社會和文化畢竟是在進步。我們要珍重前人的特長，更要珍重現代化對我們的要求和期待，這二者是可以很好地結合起來的，我以為。

　　　　　　　　　　二〇一七年於長沙，時年八十六歲

　　　　　（首刊二〇一八年湖南美術出版社《念樓學短》兩卷本）

目錄

● 老學庵筆記十篇〔陸游〕

● 宋人小說類編十篇

巢林筆談十篇〔龔煒〕

子不語八篇〔袁枚〕

● 閱微草堂筆記八篇 〔紀昀〕

● 揚州畫舫錄九篇 〔李斗〕

世說新語十一篇〔劉義慶〕

永恆的悲哀

學其短

[木猶如此]

桓公北征經金城,見前為琅邪時種柳,
皆已十圍,慨然曰:「木猶如此,人何以
堪。」攀枝執條,泫然流淚。

| 劉義慶 |

◎ 本文錄自《世說新語‧言語》。《世說新語》是雜記漢末魏晉
   人物言行的一部書,劉義慶撰。
◎ 劉義慶,南朝彭城人,宋武帝劉裕之姪,襲封臨川王。
◎ 桓公,桓溫,東晉權臣,明帝的女婿。
◎ 琅邪,郡名,治地在今山東諸城。晉室南渡後在金城(今江
   蘇句容)僑置。

念樓讀

桓溫為大司馬，領平北將軍，統兵北伐。行經金城，見到自己從前任琅邪太守時移栽在此地的楊柳，已經長成合抱的大樹，他很有感觸，深情地說：

「樹都長得這麼大了，教人怎麼能不老。」

一面攀挽着低亞的柳條，輕輕地撫摸着，眼淚奪眶而出。

念樓曰

生命有限而流年易逝，這是人類普遍的永恆的悲哀。王羲之《蘭亭集序》和朱自清《匆匆》寫的便是它。不過常人「欣於所遇」時，就像飛舞在陽光中忙着找對象的蜉蝣，不會感覺到這一點。

桓溫在史書上被稱叛逆，說他是「孫仲謀、晉宣王（司馬懿）之流亞」，反正是一個野心大本事也大的人。他二十三歲就當了琅邪（治金城）太守，可謂少年得志，後來在東晉朝廷中的地位步步上升，少有蹉跌。此次北伐，余嘉錫《世說新語箋疏》說在太和四年，桓溫的權力已臻頂峯，總統兵權，專擅朝政，到了可以廢立皇帝的程度。然而「公道世間惟白髮」，「溫時已成六十之叟」（《世說新語箋疏》引劉盼遂語），大概覺得縱然人生得意，仍然「大命未集」（同上）。這時候，大司馬領平北將軍也就現了原形，仍然是一個普通而真實的人。

才女

學其短

[柳絮因風]

謝太傅寒雪日內集，與兒女講論文義。俄
而雪驟，公欣然曰：「白雪紛紛何所似？」
兄子胡兒曰：「撒鹽空中差可擬。」兄女
曰：「未若柳絮因風起。」公大笑樂。即公
大兄無奕女，左將軍王凝之妻也。

║劉義慶║

◎ 本文錄自《世說新語・言語》。
◎ 謝太傅，名安，字安石，東晉名臣。
◎ 胡兒，謝安次兄據之子，名朗。
◎ 兄女，謝安長兄奕（字無奕）之女，名韜元，字道韞。
◎ 王凝之，王羲之第二子。

念樓讀

某日天寒下雪，謝安正在同本家的兒女們談文學，談文章。雪越落越大，他的興致也越來越高，問兒女們道：

「這大雪紛紛，如果要描寫它，你們用甚麼來比擬呢？」

姪子胡兒道：「剛才下雪子，落下來沙沙地響，有點像從空中往下撒鹽吧。」

另一個姪女兒卻說道：「此刻的鵝毛大雪，倒像是春風將柳絮吹得滿天飛哪。」

謝安聽了，高興地笑了起來。

這位將柳絮比雪花的姑娘，便是謝安大哥的女兒道韞，後來給王羲之做二兒媳的，有名的才女謝氏夫人。

念樓曰

前人也說過，以撒鹽比下雪子，以飛絮比下雪花，都很形象，無分優劣。但若從文學描寫的角度看，空中撒鹽斷難為真，風吹柳花則是常景；而這種似花還似非花的東西，作為春天的標誌，又特別能使人聯想起春的溫馨和情思，在天寒下雪枯寂之時，更具有親和力。難怪謝太傅當時「大笑樂」，即我輩於一千六百餘年後，亦不能不為之折服。

從此亦可見當時江左高門中的文化氛圍，似乎比十四個世紀後的大觀園中還多一點自由平等的空氣，因為沒見過賈政和林、薛、史、探春「講論文義」。

從容與慷慨

學其短

[廣陵散]

嵇中散臨刑東市，神氣不變。索琴彈之，奏《廣陵散》，曲終曰：「袁孝尼嘗請學此散，吾靳固不與。《廣陵散》於今絕矣！」太學生三千人上書，請以為師，不許。文王亦尋悔焉。

‖ 劉義慶 ‖

◎ 本文錄自《世說新語·雅量》。
◎ 嵇中散，即嵇康，中散大夫是他曾任的官職。
◎《廣陵散》，琴曲。
◎ 袁孝尼，名準。
◎ 文王，指晉王司馬昭，其子炎稱帝後謚之曰「文」。

● 念樓讀

嵇康在洛陽東門外被殺時，到了刑場，神色不變，鎮定如常。他要來一張琴，彈了一曲《廣陵散》，彈完後道：

「袁孝尼找我要學這支曲子，我不肯教。從今以後，這《廣陵散》只怕也無人能彈了。」

太學裏三千學生上書，請求赦免嵇康，讓他去教書。晉王司馬昭不准，還是將嵇康殺了。不過這位後來被尊稱為文皇帝的奸雄，據說也有一些後悔。

● 念樓曰

慷慨就義易，從容赴死難，如嵇康者，可說是從容赴死的了。當時宣佈處死嵇康的理由是：

今皇道開明，四海風靡，邊鄙無詭隨之民，街巷無異口之議。而康上不臣天子，下不事王侯，輕時傲世，不為物用，無益於今，有敗於俗。昔太公誅華士，孔子戮少正卯，以其負才亂羣惑眾也。今不誅康，無以清潔王道。

嵇康在眾口一詞（街巷無異口之議）中偏要講自己的話，在齊頌皇道開明時偏不服從領導（不臣天子，不事王侯），其走向華士、少正卯的結局乃是必然，也在自己意料之中。這才是他臨刑不懼的根本原因。但不怕死並不等於不留戀生，一曲《廣陵散》，是何等從容，又何等慷慨。此豈是罵瞿秋白、金聖歎死時說豆腐和豆腐乾好吃為軟弱的人所能理解的。

生死弟兄

[人琴俱亡]

王子猷、子敬俱病篤，而子敬先亡。子猷
問左右：「何以都不聞消息？此已喪矣。」
語時了不悲，便索輿來奔喪，都不哭。子
敬素好琴，便逕入坐靈牀上，取子敬琴
彈，弦既不調，擲地云：「子敬子敬！人
琴俱亡！」因慟絕良久，月餘亦卒。

| 劉義慶 |

◎ 本文錄自《世說新語・傷逝》。
◎ 王子猷、子敬，都是王羲之的兒子，子猷（徽之）為兄，子
　敬（獻之）為弟。

念樓讀

王子猷、子敬兩兄弟都病重了。子敬先死，家人並沒有將噩耗告訴病中的子猷。

兩兄弟的感情一直極好，病中仍不斷派人互通音訊。人一死，音訊就斷了。子猷覺得不對，便向身邊的人說：

「為甚麼子敬沒來消息？人一定不行了。」這時的他，反而特別冷靜，並不顯得悲傷，只叫備轎，抬着他往弟弟家奔喪。

子敬生前愛彈琴。子猷到了靈堂，也不哭，坐下後便要人將子敬的琴取來，想彈弟弟常彈的曲子，琴弦卻總是調不好。這才將琴往地下一丟，哀號道：

「子敬呀子敬！你怎麼就死去了，這張琴也沒人能彈了啊！」接着便放聲大哭，一直哭到昏了過去。

一個多月後，子猷也去世了。

念樓曰

兄弟若只是血緣關係，親當然親，卻斷不會到如此生死相依的程度。《世說新語》記子猷事十九條，子敬事二十九條，可以看出兩兄弟的性情氣質，都堪稱六朝人物的典型（雖然子敬曾經被夫人看不起）。其相投相許，有這樣一個基礎，故能超出尋常的弟兄。

父子、兄弟、夫婦，只有兼而為好朋友的，感情才能真篤，不然再好亦只是互盡義務罷了。

媽媽的見識

●**學**其短

［趙母嫁女］

趙母嫁女,女臨去,敕之曰:「慎勿為好。」女曰:「不為好,可為惡邪?」母曰:「好尚不可為,其況惡乎!」

‖ 劉義慶 ‖

◎ 本文錄自《世說新語‧賢媛》。
◎ 趙母,又稱趙姬,三國吳潁川人,東郡虞韙妻,赤烏六年卒。

念樓讀

趙夫人嫁女，在女兒出門時，叮囑她道：「到了婆家，切記不要只想做好事啊。」

「不做好事，難道去做不好的事？」女兒問。

「好事還不必急於做，何況不好的事吶。」趙夫人說。

念樓曰

趙母為三國時吳人，學問很好，著有《列女傳解》，作賦數十萬言。她這段話很有名，歷來多有詮釋，我覺得余嘉錫先生說得最好：

蓋古之教女者之意，特不願其遇事表暴，斤斤於為善之名，以招人之妒嫉，而非禁之使不為善也。

本來長沙人說的「能幹婆」是十分討厭的，若不是真能幹還喜歡「遇事表暴」大出風頭則更加討厭了，自己也會費力不討好。趙母之女想不至於此，但看她反問媽媽的話，大概也聰明不到哪裏去。知女莫若母，所以才給她打預防針。

做好事當然是對的，但如果不顧條件，不具實力，為了出成績而急於去做，則好事亦會辦成壞事。一家一室的小事固如此，天下國家的大事又何嘗不如此。全民煉鋼三年超英趕美豈非好事，結果搞出自然災害就不好了。趙母有此見識，何止教女修身齊家，即治國平天下也已足夠，這在現代媽媽中恐亦少有。

一罐鮓魚

⬤學其短

[陶母封鮓]

陶公少時作魚梁吏，嘗以坩鮓餉母。母封
鮓付使，反書責侃曰：「汝為吏，以官物
見餉，非唯不益，乃增吾憂也。」

‖ 劉義慶 ‖

◎ 本文錄自《世說新語‧賢媛》。
◎ 陶公，即陶侃，東晉尋陽（今九江）人。

念樓讀

陶侃為東晉名臣，很受尊重。他年輕的時候做過管理捕魚設施的員工。有一次，他託人帶了罐鮓魚給母親。母親卻將這罐魚加封退回，在回信中責備他道：

「你在替公家做事，拿了公家的東西送回家來；這不會使我高興，只會讓我為你擔心着急。」

念樓曰

百年前開始興女學的時候，流行過一句話：健全的國民，有賴於健全的母教。這句話恐怕到甚麼時候都是對的。

陳垣先生在題《林屋山民送米圖卷子》時引《舊唐書‧崔暟傳》中辛玄馭之言，謂：

兒子從宦者，有人來云貧乏不能自存，此是好消息；若聞貲貨充足，衣馬輕肥，此是惡消息。

一罐醃魚遠未到「貲貨充足，衣馬輕肥」的程度；陶母卻也從中聞到了「壞消息」的氣味，加封退回，寫信訓斥。陶侃之所以能成為晉室名臣、修身模範，看來的確與高堂的教育有關。

如今年紀輕輕當官的不少，老太太應該都還健在。但不知道願意聽「好消息」的有幾多，願意聽「惡消息」的又有幾多。想做這項社會調查，只怕很難。

林下風氣

學其短

［無煩復往］

王右軍郗夫人謂二弟司空、中郎曰：「王家見二謝，傾筐倒庋。見汝輩來，平平爾。汝可無煩復往。」

‖ 劉義慶 ‖

◎ 本文錄自《世說新語·賢媛》。
◎ 王右軍，即王羲之，曾為右軍將軍，晉代大書法家。
◎ 郗夫人，名璿，太傅郗鑒之女，嫁王羲之。
◎ 二弟司空、中郎，謂郗愔、郗曇。
◎ 二謝，指謝安、謝萬兄弟。

🔵念樓讀

王羲之的太太郗夫人回娘家，對她的兩個弟弟郗愔和郗曇說：

「我見謝安、謝萬來王家做客，你們姐夫總是興高采烈，叫家人翻箱倒櫃，把好東西全拿出來招待。你倆來時，他卻是平平淡淡的，應付而已。依我看，你們以後也就不必多到王家走動了。」

🔵念樓曰

王、謝、郗三家都是高門，又都是親戚。郗太傅向王丞相求女婿，王家說男孩子都在東廂房裏，叫郗家的人自己去選。結果沒看上「聞來覓婿，咸自矜持」的諸郎，卻選中了「在牀上坦腹臥，如不聞」的王羲之。王羲之同郗夫人所生的第二個兒子凝之，又娶了謝太傅的姪女謝道韞。若論親戚，親家不會比妻弟更親。若論官位，謝家有太傅，郗家也有太傅；謝萬是中郎（將），郗曇也是中郎（將）。王羲之不是「朝勢走」的人（湖南俗諺云「狗朝屁走，人朝勢走」），更不會從中分厚薄。其所以在二謝來時興高采烈，二郗來時卻平平淡淡，也只是氣味相投不相投的緣故。六朝人物的可愛，就可愛在這一點上。

郗夫人對丈夫並無責怪之意，反而勸弟弟自己識趣，可謂和她的二媳婦一樣「有林下風氣」。

乘興

學其短

[雪夜訪戴]

王子猷居山陰，夜大雪。眠覺，開室，命酌酒。四望皎然，因起彷徨，詠左思《招隱詩》。忽憶戴安道，時戴在剡，即便夜乘小船就之，經宿方至，造門不前而返。人問其故，王曰：「吾本乘興而行，興盡而返，何必見戴？」

‖ 劉義慶 ‖

◎ 本文錄自《世說新語·任誕》。
◎ 山陰，今紹興。
◎ 左思，晉代詩人，其《招隱詩二首》見《文選》卷二二。
◎ 戴安道，名逵，東晉隱士。
◎ 剡，剡溪，為曹娥江上游的一支，附近曾置剡縣，故址在今嵊州市西南。

念樓讀

　　王子猷住山陰的時候，有個冬天的晚上忽下大雪。他睡一覺醒來，推開臥房的門，叫家人送酒來喝。忽見屋外四處雪色又白又明，興致勃發，便不想睡了，在屋內走來走去，一面朗誦起左思的《招隱詩》來：

　　　杖策招隱士，荒塗橫古今。巖穴無結構，丘中有鳴琴。
　　　白雪停陰岡，丹葩曜陽林。……

又因「招隱」想起了隱居在剡溪的友人戴安道，立刻叫人備條小船，冒着大雪乘船前往。小船搖到剡溪，天已大明。船一直搖到戴家的門口，這時子猷又不想進門了，叫船掉頭，仍走原路回家。

　　後來有人問子猷為甚麼這樣做，他說：「我是趁着當時的興致上船的，興致滿足了，也就可以打轉了，何必一定要見到甚麼人呢。」

念樓曰

　　王子猷這件事，《世說新語》歸之於「任誕」門，略有貶意，其實它也只是魏晉風度的一種表現。在大一統瓦解、禮法崩壞之際，讀書人的思想解除了束縛，個性得以張揚，才有可能「乘興」做一做想做的事情，說一說想說的話，不必太顧及別人會如何看，尤其是執政者會如何看。魏晉南北朝、五代十國和明之末世，便是文化歷史上這樣的時期，我以為其中有些人事頗有趣味，亦可發深思。

酒給誰喝

學其短

［公榮無預］

王戎弱冠詣阮籍，時劉公榮在坐。阮謂王曰：「偶有二斗美酒，當與君共飲，彼公榮者無預焉。」二人交觴酬酢，公榮遂不得一杯。而言語談戲，三人無異。或有問之者，阮答曰：「勝公榮者，不得不與飲酒；不如公榮者，不可不與飲酒；唯公榮可不與飲酒。」

‖劉義慶‖

◎ 本文錄自《世說新語·簡傲》。
◎ 王戎、阮籍都是「竹林七賢」中人。劉公榮名昶，劉孝標注說他「為人通達，仕至兗州刺史」。

念樓讀

王戎年輕時很受阮籍賞識，有次他去看阮籍，恰逢劉公榮也在座。阮籍見到王戎，十分高興，忙叫家人設酒，說：

「這裏有兩瓶好酒，正好你我同飲，這位公榮老兄就沒有份了。」於是二人開懷暢飲。劉公榮坐在一旁，連酒杯也沒碰到。而談笑戲謔，三人卻是一樣開心。

劉公榮本是好喝酒的人，為甚麼要這樣對待他？阮籍的理由是：

「比公榮高明的人，自然不得不請他喝酒；不如公榮的人，又不敢不讓他喝酒；只有像公榮這樣的人，才可以不給他酒喝啊。」

念樓曰

據說劉公榮與人飲酒，「雜穢非類」，他又是仕宦中人，同阮籍遊，也多少帶有附庸風雅的意思（但也不會太多，不然便不敢不給他喝了）。而王戎後來名聲雖然不好，那卻是三十歲以後的事情，阮籍已經去世了；而他小時候本是個聰明子弟，阮籍對比自己小二十四歲的「阿戎」一直十分喜歡，才將他引到竹林下面去喝酒清談。

劉公榮的官做到了刺史，相當於省部級了。若在今時，阮籍名氣再大，也最多當一個政協委員、文史館員。部長登門，豈非殊遇，坐首席敬頭杯恐怕理所當然。

「親愛的」

學其短

［ 王安豐婦 ］

王安豐婦常卿安豐，安豐曰：「婦人卿婿，
於禮為不敬，後勿復爾。」婦曰：「親卿愛
卿，是以卿卿；我不卿卿，誰當卿卿？」
遂恆聽之。

‖ 劉義慶 ‖

◎ 本文錄自《世說新語‧惑溺》。
◎ 王安豐，即「竹林七賢」中的王戎。

念樓讀

　　王安豐的妻子，總是叫安豐「親愛的」，叫得安豐都不大好意思了，對她道：

　　「老婆叫老公，老是『親愛的』『親愛的』，也不分場合，這好像不大合習慣。以後你別這樣叫了，好不好？」

　　「親你，愛你，才叫你『親愛的』；我不叫你『親愛的』，該誰叫你『親愛的』？」妻子答道。

　　安豐無話可說，以後只好由她。

念樓曰

　　讀《世說新語》印象最深的兩點，一是讀書人的自由精神，可於阮籍猖狂、嵇康傲岸見之；二是女人能表現自我，沒有後世那麼多束縛，以及由束縛養成的作偽和作態。

　　表現當然不僅僅在「親卿愛卿」上。這裏可以再來說說謝道韞。她在「講論文義」時的發揮和後來參加辯論「為小郎（夫弟王獻之）解圍」，遇孫恩之禍時「抽刃出門，手殺數人」，以及眾人都不以為然的公然對丈夫表示鄙薄（均見《晉書》），其實都一樣，都是一種自信的表現，不是後來的女人們所能有的。

　　漢魏六朝雖是亂世，但只要不碰上司馬昭和孫恩，文人還是相當自由的。男人自由了，女人也才能得自由，表現出自我來。只有敢「親卿愛卿」的女人，才能得到平等的愛；也只有敢公開鄙薄男人的女人，才能得到男人的尊重。

急性子

［王藍田］

王藍田性急，嘗食雞子，以箸刺之，不
得，便大怒，舉以擲地。雞子於地圓轉未
止，仍下地以屐齒碾之，又不得。瞋甚，
復於地取內口中，嚙破即吐之。王右軍聞
而大笑曰：「使安期有此性，猶當無一豪
可論，況藍田邪！」

‖劉義慶‖

◎ 本文錄自《世說新語·忿狷》。
◎ 王藍田，名述，東晉晉陽（今太原）人，襲爵為藍田侯。
◎ 王右軍，即王羲之。
◎ 安期，姓王名承，藍田之父，為東晉名臣。
◎ 豪，通「毫」。

念樓讀

王述是有名的急性子。有回吃水煮的囫圇雞蛋，他用筷子去夾，連夾遞夾，老是夾不起，發起急來，竟將蛋往地下摔去。可是煮熟了的蛋摔下去並不開花，而是圓溜溜地在地下滾。他見了更是生氣，起身追着蛋用腳去踩。

那時人們腳上穿的不是鞋，而是木屐，木屐底下是前後兩排屐齒。雞蛋又圓又滑，老是往屐齒的空當裏滾，幾次踩上去也踩它不爛。王述這時真急了，居然從地下撿起蛋，塞進嘴裏，狠狠幾口咬碎，然後再「呸」地一口將它吐掉，這才消了氣。

王右軍聽說了這件事，笑着說：「太沒涵養了。就是他老子，這副德行也不會受人尊敬，何況他！」

念樓曰

寫人物要寫出個性，就要刻畫其性格特徵的細節。性急急到這個樣子，真是夠典型了。但王述畢竟是個率真的人，且負清簡之譽，《世說新語》中還有這樣一條：

> 謝無奕性粗強，以事不相得，自往數王藍田，肆言極罵。王正色面壁不敢動，半日，謝去良久，轉頭問左右小吏曰，「去未」，答云已去，然後復坐。時人歎其性急而能有所容。

看來他對人還是能克制的，那麼在個人生活中性急一點，似乎也是可以原諒的吧。

容齋隨筆九篇〔洪邁〕

白氏女奴

學其短

［樂天侍兒］

世言白樂天侍兒唯小蠻、樊素二人。予讀集中《小庭亦有月》一篇云：「菱角執笙簧，谷兒抹琵琶，紅綃信手舞，紫綃隨意歌。」自注曰：「菱、谷、紫、紅皆小臧獲名。」若然，則紅紫二綃亦女奴也。

‖ 洪邁 ‖

◎ 本文錄自洪邁《容齋隨筆》卷二。
◎ 洪邁，南宋鄱陽（今江西鄱陽）人，字景盧，號容齋。
◎ 《容齋隨筆》（含《續筆》《三筆》《四筆》《五筆》）為著名學術隨筆，收入《四庫全書·子部》。

念樓讀

為白居易提供服務的女奴中，「櫻桃樊素口，楊柳小蠻腰」人所共知，也知道這兩位主要是用口和腰來為詩人服務的。但白氏還在一首題為《小庭亦有月》的詩中，寫到過家中宴客時吹笙的菱角、彈琵琶的谷兒、獻舞的紅綃和唱歌的紫綃，說這四個都是家奴。從名字看，至少紅綃和紫綃也是女的，那麼他家養的女奴顯然不止樊素、小蠻兩個了。

念樓日

從讀書時候起，就知道白居易是關心人民疾苦的偉大詩人，《賣炭翁》和《新豐折臂翁》確實寫得感人。但是，有人說他的詩「憶妓多於憶民」也是不爭的事實，而且從「老大嫁作商人婦」到「生來十六年」，老少咸宜，人數自然不會少。

妓女一般只會在潯陽江頭之類家庭之外的地方使用，在自己府第之內，那就用得着樊素、小蠻、紅綃、紫綃她們了。其實在家裏，白居易還有更多的女人，請看他的《失婢》詩：

籠鳥無常主，風花不戀枝。今宵在何處，唯有月明知。

這也不是同火車上的服務員、辦公室裏的祕書那樣的關係啊，一看便明白了。

有人喜讀《容齋隨筆》，據說做了不少批注，不知他對這一篇批過沒有？又是怎麼批的呢？

近仁鮮仁

［剛毅近仁］

剛毅者，必不能令色。木訥者，必不為巧
言。此近仁鮮仁之辨也。

‖ 洪邁 ‖

◎ 本文錄自《容齋隨筆》卷二。
◎ 木，質樸。訥，遲鈍。
◎ 鮮，很少。

🔵 念樓讀

剛強堅毅的人，決不會一副拍馬屁相。樸實沉默的人，決不會滿嘴花言巧語。孔子說：剛毅樸誠，便接近於仁德。又說：阿諛諂媚，和仁德就隔遠了。究竟是能夠養成仁德呢，還是只能成為不仁無德之人呢？人們的本質和修養不同，結果也就不同了。

🔵 念樓曰

孔子的原話，第一句是「剛毅木訥近仁」，見《論語‧子路》，大意是說，剛毅的人不會屈服於環境和自己的慾望，質樸遲鈍的人不會為了表現自己搶着出風頭，這就有可能培養出仁人志士的品德來。第二句是「巧言令色鮮矣仁」，這講過兩次，分別出於《論語》的《學而》篇和《陽貨》篇，大意是說，話講得漂亮，神色很恭敬，一味想討人喜歡的人，他心裏想得多的一定是自己的利益，求仁取義的考慮就很少很少了。

洪邁認為，孔子這兩句話，說的是一個道理：剛毅木訥的人，決不會巧言令色；前者近仁，後者「鮮仁」。

「仁」在這裏，指的是整個人的道德人格。一個人有沒有獨立的人格，從他是否在領導面前諾諾連聲、脅肩諂笑，便看得出來。這樣的人，道德水平自然也是極低的。

不平則鳴

學其短

［送孟東野序］

韓文公《送孟東野序》云：「物不得其平則鳴。」然其文云：「在唐虞時，咎陶、禹其善鳴者，而假之以鳴。夔假於韶以鳴，伊尹鳴殷，周公鳴周。」又云：「無將和其聲而使鳴國家之盛。」然則非所謂不得其平也。

‖洪邁‖

◎ 本文錄自《容齋隨筆》卷四。
◎ 孟東野，名郊，唐詩人。
◎ 咎陶，即皋陶，舜大臣。
◎ 夔，舜的樂官。
◎ 韶，夔所作著名樂曲。
◎ 伊尹，殷商的大臣。
◎ 周公，周武王弟，輔其成王者。

念樓讀

韓愈《送孟東野序》說，事物有不平，有震動，才會發出聲來，即所謂「不平則鳴」。但接着又說，堯舜時的皋陶、大禹和夔，殷商時的伊尹，西周初的周公，這些太平盛世的聖賢都是「鳴」的代表。還說，這是時代的需要，要他們用和諧的聲音來讚美國家的昌盛，這就不能說是「不平則鳴」了。

念樓曰

韓愈為古文唐宋八大家之首，歷來被奉為權威，《送孟東野序》又是他的代表作，選入《古文觀止》後，稍微接觸過一點古文的人都讀過。其實正如洪容齋所批評的，這篇文章在邏輯上就不清楚，先說不平則鳴，又說盛世才出「善鳴者」，豈非自相矛盾。還說甚麼「以鳥鳴春，以蟲鳴秋」，硬將自然現象和社會政治扯在一起，難道鳥和蟲也有不平之事才會鳴叫，那和春秋時令又有甚麼關係呢？道理沒有說通，意思前後衝突，雖有人極力稱讚它「只用一鳴字，跳躍到底，如龍之變化，屈伸於天」，我看也難稱好文章。

一九五七年上了「百家爭鳴」這個「陽謀」的當，我以為自己對工作有意見，就可以鳴一鳴，爭一爭，求得「體制內解決」。誰知道輿論一律是不允許爭的，要鳴也只能「和其聲而使鳴國家之盛」，結果栽了個大跟斗。

簡化字

學其短

［字省文］

今人作字省文，以禮為礼，以處為处，以
與為与，凡章奏及程文書冊之類不敢用，
然其實皆說文本字也。許叔重釋礼字云：
「古文。」处字云：「止也，得几而止，或
從處。」与字云：「賜予也，與與同。」然
則當以省文者為正。

║洪邁║

◎ 本文錄自《容齋隨筆》卷五。
◎ 說文，東漢許慎所著《說文解字》一書的簡稱。
◎ 許叔重，名慎。
◎ 几，古人席地而坐時倚靠的器具。

◍念樓讀

現在人們寫字時，常常將字的筆畫簡化，比如將「禮」字簡化成「礼」字，將「處」字簡化成「处」字，將「與」字簡化成「与」字，只有向皇上呈奏和辦理正式公文時，才不得不照筆畫多的寫。其實，按《說文解字》的說明，簡化後的才是這些字的本來面目。書中解釋「礼」字道：「它是『禮』字的古文。」解釋「处」字道：「它的意思是停止，有了几案，得以坐下，便可以停止了，也可以寫作『處』字。」解釋「与」字道：「它的意思是給，跟『與』字的意思一樣。」由此可知，正規的寫法，倒應該是簡體，《說文解字》正是這樣說的呀。

◍念樓曰

漢字的筆畫，有的確實比較繁多，從前要一筆一筆地寫，想簡化一下，也合情合理。像「礼」「处」「与」這些字，古時筆畫本來簡單，後來卻「繁化」了，當然該簡化回來。就是敝姓「鍾」簡化為「钟」，也還可以接受，雖然「鍾」和「鐘」簡化成了一個字，錢鍾書先生還不太願意。但將「葉」簡化成「叶」，則不僅與草木都不搭界，葉子生長在甚麼上頭成了問題，而且這「叶」本是另外一個字，讀音和意義都和「葉」字完全不同，這就十分不合理了。

其實漢字要簡化的只是寫，何不學英文、日文的樣，搞一套印刷體、一套手寫體，豈不皆大歡喜，難道寫得出 a、b、c、d 還不認得 A、B、C、D 麼？

逢君之惡

[魏相蕭望之]

趙廣漢之死由魏相，韓延壽之死由蕭望之。魏、蕭賢公卿也，忍以其私陷二材臣於死地乎？楊惲坐語言怨望，而廷尉當以為大逆不道。以其時考之，乃于定國也。史稱定國為廷尉，民自以不冤，豈其然乎？宣帝治尚嚴，而三人者又從而輔翼之，為可恨也。

| 洪邁 |

◎ 本文錄自《容齋隨筆》卷六。
◎ 魏相，漢宣帝時丞相。
◎ 蕭望之，宣帝時御史大夫（相當於副丞相）。
◎ 趙廣漢，宣帝時以京兆尹被誅死。
◎ 韓延壽，宣帝時以左馮翊被誅死。
◎ 楊惲，宣帝時以「怨望」被誅死。
◎ 于定國，宣帝時廷尉。
◎ 宣帝，西漢第八位皇帝。

念樓讀

皇帝老子殺人，也是要助手的。漢宣帝殺趙廣漢的助手便是魏相，殺韓延壽的助手便是蕭望之。魏、蕭也是有名的大臣，怎麼為了私怨，便忍心將兩個能幹的官員置之死地呢？

楊惲在《報孫會宗書》裏發了幾句牢騷，于定國便給他定了「大逆不道」的死罪。史書卻說于定國執法公平，百姓沒有冤屈，我看未必是事實。

宣帝主張從嚴治政，殺人如草芥。魏、蕭、于三人不說是助紂為虐，至少也是逢君之惡，想起來真堪痛恨。

念樓曰

趙廣漢和韓延壽，原來都是執法嚴明的地方官，因為政績好才被調升來管京畿的。二人都以「執法不避權貴」自許，趙要管丞相魏相府中婢女的自殺，韓要查前任蕭望之（已升為副丞相了）「放散」的官錢，結果被抓住把柄，自己反而成了嚴打的對象，趙被腰斬，韓也「棄市」了。《漢書》本傳云「吏民守闕號泣者數萬人，……願代趙京兆死，使得牧養小民」，韓亦有「吏民數千人送至渭城，老小扶持車轂，爭進酒炙」。民意縱使如此，但被吸收參了政、做了官的社會精英，一個個都緊跟萬歲爺施嚴刑峻法，甚至「以其私」任意陷人於死地，難怪漢室江山終於無法穩定。

改地名

［嚴州當為莊］

嚴州本名睦州，宣和中，以方寇之故改
焉。雖以威嚴為義，然實取嚴陵灘之意
也。殊不考子陵乃莊氏，東漢避顯宗諱，
以莊為嚴。故史家追書，以為嚴光，後世
當從實可也。

│洪邁│

◎ 本文錄自《容齋隨筆》卷六。
◎ 嚴州，今浙江建德等地。
◎ 宣和，宋徽宗年號。
◎ 方寇，指方臘。
◎ 嚴陵灘在桐廬（原屬嚴州）境內，因嚴子陵（名光）而得名。
◎ 顯宗，漢明帝廟號。

念樓讀

嚴州本來叫睦州，宣和二年方臘在這裏聚眾造反，連破許多州縣，殺官改元，東南大震，結果朝廷動用十多萬軍隊，打了幾個月的仗，才得「敉平」。可能朝廷認為，跟造反的百姓難得講和睦，只能從「嚴」，於是將睦州改名為嚴州。

這和本州富春江上的嚴陵灘也有關係，因為嚴子陵是大名人，東漢光武帝叫他做官他不做，跑到這裏來釣魚，留下一座釣台，久已聞名全國，正好借借他的名氣。

其實嚴子陵（嚴光）本來姓莊，光武帝劉秀死後，孝明帝劉莊繼位，莊字必須避諱，於是莊光變成了嚴光。如今東漢已過去上千年，莊字早不必避諱，我看以後也不必再叫嚴州了。

念樓曰

地名是千百年來形成的，最好不要隨便改動。有些改動也許有理，但不顧歷史沿革，出於意識形態，但憑長官意志，甚至違背常識，亂改一氣，就不好了。像我們長沙，從宋朝到清朝本是兩個縣，即長沙和善化，如今還留有長善圍等地名。清末名人中，黃興稱黃善化，皮錫瑞稱皮善化，瞿鴻禨稱瞿善化，稱善化的比稱長沙的還多。民國時兩縣合二為一，一九四九後又一分為二，卻棄去善化之名不用，偏要將一個小地名望城坡的望城升作縣名，其實此地不僅從來不是縣治，而且早就劃出望城縣境了。事之荒唐，莫過於此。

殺功臣

學其短

［漢祖三詐］

漢高祖用韓信為大將，而三以詐臨之。信既定趙，高祖自成皋度河，晨自稱漢使，馳入信壁，信未起，即其臥奪其印符，麾召諸將，易置之。項羽死，則又襲奪其軍。卒之偽遊雲夢而縛信。夫以豁達大度開基之主，所行乃如是。信之終於謀逆，蓋有以啟之矣。

‖ 洪邁 ‖

◎ 本文錄自《容齋隨筆》卷十四。
◎ 漢高祖，即劉邦。
◎ 韓信，漢大將，後被誅。
◎ 成皋，地在今河南汜水境內。
◎ 雲夢，在華容，應即洞庭湖。

念樓讀

漢高祖拜韓信為大將，卻三次對他使用詐術。

第一次在韓信攻取趙地後，高祖立刻從成皋渡河，清晨趕到營中，趁韓信尚未起牀，奪過他的印信，召集諸將，宣佈收回兵權，任韓信為丞相，派他去齊地。

第二次在項羽敗死後，韓信已封齊王，高祖又一次突然宣佈奪了他的兵權，改封他為楚王。

第三次是偽裝去遊楚地，於韓信迎謁時逮捕了他。

史稱漢高祖「豁達大度」，是開國之君，對功臣卻是這樣。最後殺韓信，說他想謀反；其實原來蒯通勸韓信反他都不反，後來他即使真起了反心，也是漢高祖的猜疑逼出來的啊。

念樓曰

劉邦自己承認，「連百萬之眾，戰必勝，攻必取，吾不如韓信」。所以，在打完大仗之前，對韓信確實是「豁達大度」的。韓信想當個「假王」（攝政王），劉邦便封他為真的齊王。尤其在登壇拜將時，「擇良日，齋戒，設壇場，具禮」，恭恭敬敬，只差沒有高歌「惟我韓大將軍」了。

打完仗以後，「豁達大度」就一變而為「多疑善妒」。韓信於漢王四年被封齊王，五年正月就「徙封楚王」，六年十二月又被降封為淮陰侯，既無部隊，又無地盤，「養」起來「與絳、灌等列」了。最後仍被呂后詐入宮中，斬於鐘室，並被夷了三族。

幸運的是，這位「大將軍」死時並未被迫喊「高皇帝萬歲」，而是留下了句真心話：「悔不聽蒯通之言。」

同情者的詩

學其短

［李陵詩］

《文選》編李陵、蘇武詩凡七篇，人多疑
「俯觀江漢流」之語，以為蘇武在長安所
作，何為乃及江漢？東坡云「皆後人所擬
也」。予觀李詩云「獨有盈觴酒，與子結
綢繆」，盈字正惠帝諱，漢法觸諱者有罪，
不應陵敢用之，益知坡公之言為可信也。

‖ 洪邁 ‖

◎ 本文錄自《容齋隨筆》卷十四。
◎ 李陵，漢武帝時為將，敗降匈奴。
◎《文選》六十卷，梁昭明太子選編。
◎ 蘇武，武帝時出使匈奴，被扣留十九年。
◎ 惠帝劉盈，漢高祖之子。

念樓讀

《昭明文選》卷二十九，選了李陵的《與蘇武詩三首》和蘇武的《詩四首》。不少人懷疑，蘇武在匈奴告別李陵歸漢，歸來後住在長安，詩句卻寫道「俯觀江漢流」，能夠俯觀長江和漢水之處應在南方，蘇武這個人甚麼時候跑到南方去了呢？

蘇東坡說這些詩是後人的擬作，我不僅同意，還可以補充一點：李陵詩第二首的結尾兩句「獨有盈觴酒，與子結綢繆」，漢惠帝名盈，按漢朝法律，犯皇帝名諱是要判罪的，李陵雖然人在匈奴，也不會這樣寫。可見詩的作者並非李陵和蘇武，這一點蘇東坡是說對了。

念樓曰

「蘇武詩」之三，「結髮為夫婦，恩愛兩不疑，歡娛在今夕，燕婉及良時」，明明是夫婦之辭。蘇李二人並無《斷背山》那種人物關係，怎會寫出這樣的詩來呢？

但詩確是好詩，《昭明文選》將其放在《古詩十九首》後面，也還過得去。那麼作者至少是南朝時人，昭明太子也是認可的吧。

李陵不死，降了匈奴，漢武帝殺了他全家還不解恨，將幫他說話的司馬遷的 ×× 也割掉了。但天下後世人總還有同情李陵的，這些詩便應該是同情者的詩。不僅如此，《昭明文選》還有篇《答蘇武書》，也託名李陵，說甚麼「陵雖孤恩，漢亦負德，……誰復能屈身稽顙，還向北闕，使刀筆之吏，弄其文墨耶」，曾被選入《古文觀止》，也應該是同情者的作品。

保護傘

學 其短

[城狐社鼠]

「城狐不灌，社鼠不熏。」謂其所棲穴者
得所憑依。此古語也，故議論者率指人君
左右近習為城狐社鼠。予讀《說苑》所載
孟嘗君之客曰：「狐者人之所攻也，鼠者
人之所熏也。臣未嘗見稷狐見攻，社鼠見
熏，何則？所託者然也。」稷狐二字，甚
奇且新。

‖ 洪邁 ‖

◎ 本文錄自《容齋隨筆》卷十六。
◎ 《說苑》，二十卷，漢劉向撰，所引見卷十一《善說》。

念樓讀

「城牆洞裏的狐狸，沒人用水去灌；土地廟內的老鼠，沒人燒煙去熏。」說的是牠們的巢穴找對了地方，有了保護傘。這乃是一句古話。後來的人，便把君王身邊的親信稱為「城狐社鼠」。

《說苑》書中記載孟嘗君門客的話道：「灌狐熏鼠，是通常的做法。但從來沒人去灌穀神祠裏的狐，去熏土地廟中的鼠。為甚麼呢？就是因為牠們有穀神和土地爺的保護啊。」將城牆洞換成穀神祠，語詞變了，意思還一樣，「穀神祠裏的狐狸」，聽起來也新鮮。

念樓曰

過街老鼠，人人喊打；李斯云「廁中鼠，食不潔，見人犬，數驚恐之」。土地廟裏的老鼠卻很安全，沒人會用煙去熏牠，因為怕失火。同樣是鼠，有庇護沒庇護，命運完全不同。

《詩經》中也有篇《碩鼠》，指的是「蠶食於民，不修其政，貪而畏人」的統治者。他們雖然貪腐，卻總還有點「畏人」，還不至於太理直氣壯，招搖過市，像今天的陳希同、陳良宇這樣「牛」。

城狐社鼠，歷朝歷代都會有的。鼠害再猖獗，拚着燒掉幾座土地廟，也可以滅掉幾窩，求得一時清靜。怕就怕過街老鼠成了當道豺狼，吃起人來不吐骨頭，那就糟天下之大糕了。

老學庵筆記十篇〔陸游〕

一副八百枚

［大儺面具］

政和中大儺，下桂府進面具。比進到，稱
一副，初訝其少。乃是以八百枚為一副，
老少妍陋無一相似者，乃大驚。至今桂府
作此者皆致富，天下及外夷皆不能及。

‖ 陸游 ‖

◎ 本文錄自陸游《老學庵筆記》（下簡稱《筆記》）卷一，原無
　 題，下同。
◎ 陸游，字務觀，號放翁，南宋山陰（今紹興）人。
◎ 政和，宋徽宗年號（一一一一——一一一七）。
◎ 桂府，即桂林府。桂林原名桂州，南宋時升為靜江府。

念樓讀

政和年間，京城裏有次準備在歲末舉行盛大的迎神驅鬼活動，下令桂州供應扮演鬼神所用的木雕面具。送來的公文上寫着「面具一副」，收公文的人覺得一副怎麼夠用，太少了。

誰知一看實物，這一副竟有八百個之多。諸神眾鬼，各色人物，居然無一相同。大家不禁大為驚奇。

桂州面具至今天下第一，那裏許多做面具的都發了財。

念樓曰

《論語》云：「鄉人儺，朝服而立於阼階。」可見鄉人行儺，連孔夫子都是要穿戴整齊，站在階基上觀看的。如今西南有些鄉村中還有儺戲，演出時所戴木雕面具，刷上五顏六色，大都猙獰恐怖，不然瘟神疫鬼怎麼會害怕，能夠被驅趕走呢？

古人迷信，認為疫病是惡鬼害人。人不是鬼的對手，於是只有請比鬼還惡的「方相氏」等各方神怪來幫忙。慢慢便覺得請神容易送神難，還不如自己裝神弄鬼，戴上面具，擊鼓鳴鑼，又能娛樂，原始的戲劇便由此誕生了。

我覺得「鄉人」也就是老百姓還是很有辦法的。他們對付不了鬼，便請神怪來保平安。雕些木腦殼，八百個一套，由州府送中央，合禮合法。於是天下太平，該發財的也發了財。

不為人知

學其短

［墓誌增字］

晏尚書景初，作一士大夫墓誌，以示朱希
真。希真曰：「甚妙。但似欠四字，然不
敢以告。」景初苦問之，希真指「有文集
十卷」字下曰：「此處欠。」又問欠何字。
曰：「當增『不行於世』四字。」景初遂增
「藏於家」三字，實用希真意也。

‖ 陸游 ‖

◎ 本文錄自《筆記》卷一。
◎ 景初，指晏景初，名敦復，宋臨川（今屬江西）人。
◎ 朱希真，小字秋娘，宋建康（今南京）女子。

念樓讀

晏敦復是名宰相、大詞人晏殊的後人，家學淵源。他文名大，官也大，慕名來求文的極多。朱希真則是建康城中一位名妓，通文能詩，小字秋娘。

有次晏尚書答應別人的請求，為一位去世的官員寫了篇墓誌，正好要去朱希真那裏，便將文稿帶去給她看。

「您的文章寫得好極了。」朱希真說，「只是有處地方可能加四個字更好。」

晏尚書問她哪處要加字，她卻遲疑着不大敢說，經再三追問，她才指着「有文集十卷」這一句下面道：

「這裏。」

「要加上哪四個字呢？」

「『不行於世』四個字啊。」

晏尚書想了想，覺得也對，於是提筆添了一句「藏於家」，笑着對朱希真道：「這可是照你的意見加上去的啊。」

念樓曰

在范進、匡超人時代，用心讀書，有閭閻之後，急於要辦的有三件事：改個號，討個小，刻部稿。如今時代進步了，改號已不時行，那就改學歷、改年齡；討小也不必討到屋裏去，另外安排房子就是；只有刻部稿這件事，祕書代筆，單位撥款，出版社印行，下級包銷都好辦，怕就只怕「不為人知」。

刺秦檜

學其短

[不了事漢]

秦會之當國，有殿前司軍人施全者，伺其
入朝，持斬馬刀邀於望仙橋下斫之，斷轎
子一柱，而不能傷，誅死。其後秦每出，
輒以親兵五十人持梃衛之。初，斬全於
市，觀者甚眾，中有一人朗言曰：「此不
了事漢，不斬何為？」聞者皆笑。

‖ 陸游 ‖

◎ 本文錄自《筆記》卷二。
◎ 秦會之，名檜，南宋江寧（今南京）人，高宗時為丞相十
　九年。
◎ 殿前司，宋代率領軍隊的機構。和侍衛司分領禁軍。
◎ 施全，錢塘（今杭州）人，為殿前司小校。

● 念樓讀

秦檜主持和議，殺了岳飛，不滿他這樣做的人很多。

每日上朝，秦檜坐的轎子總要經過望仙橋。有一次，轎子正在橋上，一名軍人突然從橋下衝到轎前，揮刀猛斫。可惜一下斫偏了，只斫斷一根轎柱，沒有斫到秦檜。

經查明，此人原是殿前司的小校施全，隨即審判斬決了。斬時眾人圍觀，有人大罵道：

「不中用的東西，不殺掉留着有甚麼用！」

眾人都會心地笑了。從此秦檜出門，每次都有五十名親兵衛護。

● 念樓曰

施全當然是條血性漢子。《宋史‧忠義列傳》多達十卷，表彰了二百八十一個人，不知為何遺漏了他。以現役軍人行刺當朝宰相，成與不成都得死，其慷慨赴死完全出於公憤，確實可稱忠義。

《史記‧刺客列傳》文章雖好，但所傳之人，曹沫在外交場合「執匕首劫齊桓公」，只能算亂來；專諸刺王僚，聶政刺俠累，均屬買兇殺人；豫讓「為知己者死」，全出於個人意氣；荊軻本人亦無意反秦，不過是太子丹用「恣其所欲」的手段請來的殺手。論品格，這些人全不如施全。

但笑罵「不了事漢」，我卻是極其不以為然的。秦太師的轎子天天從橋上過，要充「了事漢」，你何不自己衝上去斫呢？

炒栗子

學其短

［李和兒］

故都李和炒栗名聞四方，他人百計效之，終不可及。紹興中，陳福公及錢上閣出使虜廷。至燕山，忽有兩人持炒栗各十裹來獻，三節人亦人得一裹，自贊曰：「李和兒也。」揮涕而去。

‖ 陸游 ‖

◎ 本文錄自《筆記》卷二。
◎ 紹興，南宋高宗年號（一一三一──一一六二）。
◎ 陳福公，名康伯，字長卿。
◎ 錢上閣，名楷，以「知閣門事」名義任副使。
◎ 三節人，使臣隨員，分上、中、下三節，各若干人。

念樓讀

汴京李和家炒栗子過去大大有名，別家想盡了法子也比不上。後來金兵攻入汴京，強迫商民北上，李和家亦在其中。南宋遷都臨安後，人們就吃不到李和家的炒栗子了。

紹興年間，陳、錢兩位大臣出使金國。到燕京時，忽有兩人來見，給兩位使臣各送上十包炒栗子。所有隨員，每人也都得到一包。來人沒多說話，只留下一句：「是李和家的呢！」便流着淚轉身走了。

念樓曰

炒栗子很好吃，又受季節限制，所以兒時記憶裏總少不了它。放翁這一則筆記也寫得特別動情，前人多有提及。趙翼《陔餘叢考》說北京炒栗最佳，即引李和兒之言為證：

蓋金破汴後，流轉於燕，仍以炒栗世其業耳，然則今京師炒栗是其遺法耶。

周作人《藥味集》中亦有《炒栗子》一文，云：

糖炒栗子法在中國殆已普遍，李和家想必特別佳妙……三年前的冬天偶食炒栗，記起放翁來，陸續寫二絕句，致其懷念，時已近歲除矣，其詞云：

燕山柳色太凄迷，話到家園一淚垂。長向行人供炒栗，傷心最是李和兒。

家祭年年總是虛，乃翁心願竟何如。故園未毀不歸去，怕出偏門過魯墟。

文、詩均有情致，亦可讀也。

蔑視痛苦

學其短

［魯直在宜州］

范寥言，魯直至宜州。州無亭驛，又無民居可僦，止一僧舍可寓，而適為崇寧萬壽，法所不許，乃居一城樓上，亦極湫隘。秋暑方熾，幾不可過。一日忽小雨，魯直飲薄醉，坐胡牀，自欄楯間伸足出外以受雨，顧謂寥曰：「信中，吾生平無此快也！」未幾而卒。

‖陸游‖

◎ 本文錄自《筆記》卷三。
◎ 范寥，字信中，往廣西見黃庭堅，黃死為其辦後事。
◎ 魯直，北宋大詩人黃庭堅（山谷）的別字。
◎ 宜州，今廣西省河池市宜州區。
◎ 崇寧，宋徽宗的年號（一一〇二 — 一一〇六）。

念樓讀

　　詩人黃庭堅因文字得罪，屢遭貶斥，最後被除名羈管，到了宜州。

　　宜州是個偏僻地方，沒有招待所，也沒有民房可租，唯有住廟；又碰上廟裏正在為皇上祝壽，不能接客，只好住在南門城牆上的小城樓裏。那樓又矮又窄，時逢三伏，熱得簡直像蒸籠。

　　有天下了雨，炎威稍殺。詩人喝了點酒，坐着矮涼牀，把雙腳從城樓的欄杆中伸出去讓雨淋，一面喊着范寥道：

　　「信中呀，這真是我一生中最快活的時候啦！」

　　范寥說，沒多久，詩人便死在這城樓上了。

念樓日

　　有人說，中國的文人全靠有阿Q精神，才能勉勉強強活下來。寫「江湖夜雨十年燈」和「人生莫放酒杯乾」的詩人，因為能夠從蒸籠似的屋子裏把腳伸到雨中涼快涼快，便說這是他一生中最快活的時候，豈不是阿Q精神嗎？

　　我認為這不是的，而是黃庭堅蔑視痛苦的表現。

　　他視文人的良心和創作的自由重過一切，不怕貶官謫放，在撰《神宗實錄》時堅持自己的觀點；不怕除名羈管，在《承天塔記》中揭露「天下財力屈竭之端」。這種不屈從權威，堅持說自己想說的話的大無畏精神，實在是文人的脊樑骨，阿Q云乎哉？

名字偏旁

● 學其短

［時相忍忮］

紹聖中貶元祐人，蘇子瞻儋州，子由雷
州，劉莘老新州，皆戲取其字之偏旁也。
時相之忍忮如此。

‖ 陸游 ‖

◎ 本文錄自《筆記》卷四。
◎ 紹聖，宋哲宗年號（一〇九四 — 一〇九七）。
◎ 元祐，宋哲宗年號（一〇八六 — 一〇九三）。
◎ 儋州，今屬海南。
◎ 雷州，今屬廣東。
◎ 新州，今廣東新興。

念樓讀

　　紹聖年間，貶逐元祐時期選用的人。蘇軾字子瞻，被貶往儋州；蘇轍字子由，被貶往雷州；劉摯字莘老，被貶往新州。其地名和人名，都有一個字偏旁相同。

　　看得出來，這完全是有意安排的，實際上是元祐時被罷官這時又重新當上了丞相的章惇的主意。可見「復出」的當權派搞起政治報復來，是多麼殘忍，又是多麼輕薄。

念樓曰

　　宋神宗熙寧、元豐時以王安石為相行新法，用的是章惇、呂惠卿這班人。神宗死後，宣仁皇太后於元祐時改以司馬光為相，復行舊法，用的是蘇軾、蘇轍、劉摯這班人。一朝天子一朝臣，於是形成「黨爭」，用「議論公正」者常安民的話來說：

　　　元祐中進言者，以熙寧、元豐之政為非，而當時為是；今日進言者，以元祐之政為非，而熙寧、元豐為是。

這話是太后駕崩後說的，原來被斥逐的章惇已經「復相」，輪到他來貶逐「異黨」了。

　　蘇軾等人的被貶，也不是一步到位的。以蘇轍為例：他先是以「門下侍郎」（副總理）降為「知汝州」（市級），再徙知袁州，再降為「化州別駕，雷州安置」（在化州掛名副縣職，實際上下放到雷州）。蘇軾最後是「責授瓊州別駕，移送昌化軍安置」，昌化軍即儋州。劉摯則「責授鼎州團練副使，新州安置」。

泥娃娃

學其短

［鄜州田氏］

承平時，鄜州田氏作泥孩兒名天下，態度
無窮，雖京師工效之，莫能及。一對至直
十縑，一牀至三十千。一牀者，或五或七
也，小者二三寸，大者尺餘，無絕大者。
予家舊藏一對臥者，有小字云「鄜畤田玘
製」。紹興初，避地東陽山中，歸則亡之矣。

‖ 陸游 ‖

◎ 本文錄自《筆記》卷五。
◎ 鄜州，今陝西富縣。
◎ 鄜畤，音 fù zhì，即鄜州州城（今陝西富縣）。

念樓讀

國難之前，天下太平，小孩子的玩具也多講究。鄜州城裏有家姓田的字號，做的泥娃娃有各種各樣的姿勢和表情，天下聞名。汴京城裏的，也不如他家做得好。

一對這樣的泥娃娃，通常能賣到十吊錢，一「牀」（五至七個）則要賣到三十吊。娃娃小的只兩三寸高，大的一尺左右，沒有再大的。

我家那時也有一對臥着的泥娃娃，身上標記着「鄜畤田玘製」。紹興初年逃難到東陽山裏住過一段時間，回來以後便找不着了。

念樓曰

雕塑人像的歷史非常久遠，演化出人形的玩具當然遠在其後，但《太平廣記》引《廣異記》中有「帛新婦子」和「瓷新婦子」，即是絹扎和瓷塑的「美人兒」，可見唐代以前即有此種事物，實在可以稱為現代「芭比娃娃」的老祖宗。

陸游所記的泥孩兒是從陝西銷到浙江的商品。別的筆記裏還記有「摩睺羅」「遊春黃胖」等名目，《紅樓夢》裏寶釵要薛蟠給帶虎丘泥人，周作人也寫過他兒時所見火漆做的老漁翁，白鬍赤背，要二十四文一個。這些都是玩具史的好資料。

玩具在兒童生活中實在有重要的意義。有的成人，在工作和食色之餘，也還需要玩具，除了撲克和麻將牌。

放火三天

［田登忌諱］

田登作郡，自諱其名，觸者必怒，吏卒多
被榜笞，於是舉州皆謂燈為火。上元放
燈，許人入州治遊觀，吏人遂書榜揭於市
曰：「本州依例放火三日。」

‖ 陸游 ‖

念樓讀

田登忌諱別人直呼其名——登。他做了州官，在本州之內，只要聽到有人叫「登」，不管說的是「燈」還是「蹬」，都犯了他的諱，要挨板子。他手下的人怕打，要說「燈」時，只好改口叫「火」。

到了元宵節，州里要放花燈與民同樂，得通知四鄉居民都可以進城來看燈，那告示是這樣寫的：

「元宵佳節，本州照例放火三天。」

念樓曰

「只准州官放火，不准百姓點燈」，即起源於此。

我不知道這是講笑話的人創作出來的笑話，被作者記錄下來的呢，還是「並非笑話」，在現實生活中確實發生過的。但它有一個黑暗而沉重的背景，認真想想，就一點都不好笑，也笑不起來了。

在「領導」集權、民眾無權的年代裏，總是有人享有特權，各種各樣的特權。普通老百姓不能做的事情，他能做；普通老百姓得不到的東西，他能得。普通老百姓上大街得處處留神，別違犯了交通規則；他則汽車一長溜，還得「清道」，為了保證「安全」；普通老百姓必須遵紀守法，他則可以「和尚打傘，無法無天」，何止「只准州官放火，不准百姓點燈」。

地下黑社會

㕛 學其短

［無憂洞］

京師溝渠極深廣，亡命多匿其中，自名為「無憂洞」，甚者盜匿婦人，又謂之「鬼樊樓」。國初至兵興常有之，雖才尹不能絕也。

‖ 陸游 ‖

◎ 本文錄自《筆記》卷六。
◎ 京師，北宋京城在開封，時稱汴京，又稱東京。
◎ 樊樓，當時開封最出名的酒樓，多妓樂。

念樓讀

汴京城裏的下水道，又寬又高。不少逃犯躲藏在裏面，說是住進了「安樂窩」；有的甚至把女人帶進去淫樂，自稱「地下夜總會」。從建國時起，直到金兵打來，情況一直如此。再能幹的地方官，也沒法將這些角落完全管死。

念樓曰

記得看過一部法國「古裝片」，巴黎的下水道裏也是流浪者和小偷集結之處。想不到在「包龍圖打坐在開封府」這裏，也有同樣的現象，而且花樣更多，整個一地下黑社會。

我想，自從有了居民聚集的城市之時起，恐怕也就有了黑社會。太史公筆下的「夷門監者」侯嬴、「市井鼓刀屠者」朱亥、「藏於博徒」的毛公、「藏於賣漿家」的薛公、「大陰人」嫪毐、「以屠為事」的聶政、「藏活豪士以百數」的朱家、「鑄錢掘塚不可勝數」的郭解、「年十三殺人」的秦舞陽、「狗屠及善擊筑者」高漸離，包括「遊於邯鄲、燕市」的荊軻，都是進得「無憂洞」，上得「鬼樊樓」的人物。若要寫中國城市史──中國黑社會史，絕對少不得這些人物。

如今媒體常宣傳各地打擊「涉黑勢力」的成績，「涉黑」的都這麼多了，真的黑社會卻似乎還未露面，是不是都躲到「無憂洞」裏去了，正在「鬼樊樓」上作樂啊？

口頭語

［外後日］

今人謂後三日為外後日，意其俗語耳。偶
讀《唐逸史・裴老傳》，乃有此語。裴，大
曆中人也，則此語亦久矣。

‖ 陸游 ‖

◎ 本文錄自《筆記》卷十。

念樓讀

今日之後的第三日叫「外後日」，大家都這麼叫。我原以為是老百姓的口頭語，後來見到《唐逸史・裴老傳》，其中也有「外後日」這個詞。裴老是唐朝大曆年間的人，可見它成為書面語言，也已經有很長的歷史了。

念樓曰

考察日常生活用語中詞語的來源，尋出它最早出現在哪本書裏，這是很有學術意義的事情，同時也能引起不懂學術的我這樣普通人的興趣。《唐逸史》我沒讀過，也沒見過，如果沒有這本書，「外後日」這個我們口語中至今還在用的詞兒，最早便是出現在《老學庵筆記》裏了。

但是，按我們長沙人的口音，「外後日」的「外」要唸作 ái，「外後日」要唸成「挨後日」，從來如此。

今日之後是明日，明日之後是後日，後日之後是「挨後日」。挨者，拖延也，遲後也。照我想，寫成「挨後日」也是「通」的。

放翁本以為「外後日」是俗語，硬要在書上見到了它，才發覺它早就成為「雅言」（書面語）了。其實，書面語本來是由口頭語形成的，將書面上找不到的一概稱之為「俗」，其實也不必吧，我以為。

宋人小說類編十篇

之乎者也

學其短

［朱雀之門］

太祖將展外城，幸朱雀門親自規畫，趙韓
王普特從。上指門額詢普曰：「何不只書
『朱雀門』？何須着『之』字？」普對曰：
「語助。」太祖笑曰：「之乎者也，助得甚
事？」

| 高文虎 |

◎ 本文見高文虎《蓼花洲閒錄》，轉錄自《宋人小說類編》（下
  簡稱《類編》）卷一之二「地理類」。
◎ 高文虎，字炳如，宋鄞（今寧波）人。
◎ 太祖，指宋太祖趙匡胤。
◎ 趙韓王普，宋太祖大臣趙普，死後被追封為韓王。

念樓讀

宋太祖要擴建東京城，親自到朱雀門去踏看，準備做規劃，特別指定趙普陪同。

那城門上原來題了四個大字——「朱雀之門」。太祖見了，便問趙普道：

「明明是『朱雀門』，為甚麼要加上一個『之』字呢？」

趙普回答道：「他們讀書人說，這『之』字是個語助詞。」

太祖聽了，哈哈一笑，道：「『之乎者也』這一套，『助』得了甚麼事啊。」

念樓曰

「之乎者也，助得甚事」，這句話充滿了蔑視。趙匡胤「一條桿杖打遍天下七十四軍州」，是憑武力奪得天下的。他對於「沒鏟過澇田塪，沒使過七斤半」的讀書人，其蔑視十分自然，發自內心，「改也難」。

但他後來畢竟還是改了。在治理天下時，他慢慢認識到：「作宰相須是讀書人」，因為讀書人在經濟、政治尤其是文化方面，還是有本事的，而且本事可能比自己還大。

於是他轉而「重文」，死後還留下了一塊「戒碑」，告誡嗣位子孫「不得殺士大夫及上書言事人」，給自己留下了一個好名聲。

敢言的戲子

學其短

［不油裏面］

嘉泰末年，平原公恃有扶日之功，凡事自
作威福，政事皆不由內出。會內宴，伶人
王公瑾曰：「今日正如客人賣傘，不油裏
面。」

‖ 張仲文 ‖

◎ 本文見張仲文《白獺髓》，轉錄自《類編》卷三之四「隱語類」。
◎ 張仲文，未詳。
◎ 嘉泰，宋寧宗年號（一二〇一 — 一二〇四）。
◎ 平原公，韓侂胄擁立寧宗，被封為平原郡王。

念樓讀

韓侂冑自恃擁立寧宗有功，掌握了朝廷大權，到嘉泰末年封平原郡王以後，更是獨斷專行，作威作福，國事都由他說了算，絲毫不由大內（皇宮裏面）做主。許多人對此不以為然，卻敢怒而不敢言。

有次宮中宴會演戲，演丑角的戲子王公瑾倒是講出了一句誰也不敢講的話：

「如今的事，就像傘販子賣的傘，是不油（由）裏面的啊。」

念樓曰

不記得是一九七三年還是一九七四年，反正是反帝反修、批林批孔搞得天昏地暗的時候，我和 Z 君正以現行反革命犯身分在勞改隊服刑。其時社會上鴉雀無聲，人們都敢怒不敢言，勞改犯人更不敢亂說亂動，「天天讀」卻雷打不動，天天照讀。有天讀一篇關於「歐洲的社會主義明燈」的文章，大講霍查的好話。Z 君被指定讀報，讀到口乾舌燥時允許他起身喝口水，他站起來後，不經心似的吐出一句：

「我是不喜歡霍查的。」

全組為之愕然，Z 君卻不慌不忙端起杯子繼續說道：

「所以我只喝白開水。」

舉國敢怒不敢言時，戲子利用插科打諢的機會敢言一兩句，有時也可以收到和「不喜歡霍查（喝茶）」同樣的效果。二千年前有優孟，八百年前有王公瑾，如今恐怕就只有 Z 君了。

不如獅子

◉ 學其短

［員外郎］

石參政中立性滑稽。天禧中為員外郎帖職時，西域獻獅子，畜於御苑，日給羊肉十五斤。嘗率同列往觀，或歎曰：「彼獸也，給肉乃爾，吾輩忝預郎曹，日不過數斤，人翻不及獸乎？」石曰：「君何不知分耶？彼乃苑中獅子，吾曹員外郎耳，安可比耶？」

‖ 張師正 ‖

◎ 本文見張師正《倦遊雜錄》，轉錄自《類編》卷三之五「笑談類」。
◎ 張師正，字不疑，宋歸安（今浙江吳興）人。
◎ 中立，即石中立，洛陽人，宋仁宗景祐（一〇三四 — 一〇三八）中拜參知政事。
◎ 天禧，宋真宗晚期年號（一〇一七 — 一〇二一）。

●念樓讀

石副宰相生性滑稽。真宗皇帝天禧年間他在部裏當員外郎時，有西域國家送來一頭獅子，養在御花園裏。他和同事們去參觀，聽說獅子每天得供應羊肉十五斤，有的同事便發牢騷：

「一頭野獸一天給這麼多肉，我們是部裏的郎官，一天所得卻只有幾斤肉，還不如牠啊。」

石中立聽到了，便高聲說道：「怎麼能和牠比呢，牠是園中獅子，我們卻是園外狼（員外郎）啊！」

●念樓曰

這也是一個利用諧音開玩笑的故事。將「郎」比「狼」，頂多使人發笑；「園外」和「苑中」相比，使人想起了離「無顏」遠近的差別，感慨就深了一層。

員外郎從字面上看，好像是編制定「員」之「外」的「郎」官，隋初始置時本來如此。但他們也是中央國家機關裏辦實事、掌實權的，作用並不小，實際地位也不算低，一開頭便是從六品，到宋朝則已是正六品。石中立天禧中為員外郎，還是「帖職」，到仁宗景祐時不過十多年，即官至「參知政事」（副宰相），正二品了。

清朝六部中，尚書從一品，侍郎正二品，是為堂官，現稱部級；其下則郎中正五品，員外郎從五品，是為司官，等於司局級。五品年俸八十兩，京官加恩俸八十兩，每天不到四錢銀子，用來買羊肉的錢只怕還沒有石中立那時多。

拍馬屁

● 學其短

[願早就木]

有善諛者，熙寧中曾以先光祿卿薦守番禺，嘗啟王介甫丞相曰：「某所恨，微軀日益安健。惟願早就木，冀得丞相一埋銘，庶幾名附雄文，不磨滅於後世。」

‖ 張師正 ‖

◎ 本文來源及作者均與上一篇相同。
◎ 熙寧，宋神宗年號（一〇六八 — 一〇七七）。
◎ 先光祿卿，作者的父親，熙寧中官光祿寺卿。
◎ 王介甫，即王安石。

●念樓讀

最會拍馬屁的，要算神宗皇帝時被我父親推薦去做番禺太守的那個人了。

後來王安石做了宰相，那個人知道王安石會寫文章，跟不少人家做過墓誌銘，就找了王安石，對他說：

「我現在最大的恨事，就是賤體太頑健，不像是很快就會病死的樣子。真希望我能得急病早點死去，那麼便能求相爺您給我寫一篇墓誌銘，賤名便可以沾您的光，永垂不朽了。」

●念樓曰

寫文章的人，恭維他的文章寫得好，就跟恭維女人說她長得漂亮一樣，總是不會碰釘子的。

但是，為了得到他一篇文章，便寧願自己早點死，深恨「微軀日益安健」，腦不出血，心不絞痛，檢查也沒發現癌症，這就非情非理，馬屁拍得太離譜了。

王安石是著名的拗相公，送他金錢美女、汽車洋房，他未見得會要。這樣來投其所好，他會不會着了道兒，將其引為知己，委以重任呢？張師正沒說，我們自然不知道。但是我想，他自家老太爺肯定是被此人灌米湯而且灌暈了的，不然怎麼會將其「薦守番禺」。番禺是一處多好的地方，到那裏當一把手，還不是頂肥頂肥的肥缺麼？

縣太爺寫字

⬤學其短

［東坡書扇］

東坡為錢塘縣時，民有訴扇肆負錢二萬者，逮至則曰：「天久雨且寒，扇莫售，非不肯償也。」公令以扇二十來，就判事筆隨意作行草，及枯木竹石，以付之。才出門，人競以千錢取一扇，所持立盡，遂悉償所負。

‖ 陳賓 ‖

◎ 本文見陳賓《桃源手聽》，轉錄自《類編》卷四之一「服飾類」。
◎ 陳賓，未詳。
◎ 錢塘，即今杭州。

🔵 念樓讀

蘇東坡當錢塘縣令時，有人來告狀，說扇子店欠了他二十吊錢不還。蘇東坡派人將店主帶來一問，店主回答道：

「不是不肯還賬，而是因為久雨不晴，天氣又冷，扇子沒人買，所以無錢可還。」

蘇東坡便叫他拿二十把扇子來，用判案的筆墨在每把扇子上隨意寫幾行字，或者畫幾筆枯木竹石，叫他拿出去賣。

那店主一出縣衙，市民立刻將二十把扇子搶着買完了，一吊錢一把，於是他立刻還清了賬。

🔵 念樓曰

這故事和王羲之「躲婆巷」的故事一樣，未必是真實的，卻符合人們心理上的預期，「為錢塘縣」的蘇東坡就可能是這個樣子，也只有他能這個樣子。

縣令「七品官耳」，但當作「百里侯」來做，也可以大作威福。試問如今有哪個縣太爺會管老百姓二十吊錢的小事，就是「作親民狀」管一管，也決不會更沒本事用自己的字畫幫人還賬。

如今的縣長、市長、省長也有「會寫字」的，他們給名勝景點、紀念碑堂、學校企業題詞題字，比起從前最喜歡題字的乾隆皇帝來多出何止百倍。賣得起錢的也大大的有，前江西省副省長胡長清一幅字便價值幾十萬，可惜這只是在他在任的時候。

皇帝的風格

學其短

［九里松牌］

北山九里松牌，吳說書。高宗詣天竺，遂親御宸翰，撤去吳書。吳未幾出守信州，陛辭。高宗因與語云：「『九里松』乃卿書乎？」吳唯唯。復云：「朕嘗作此三次，觀之終不如卿。」吳益遜謝，暨朝退。即令再揭原牌，遍索之，乃得之天竺庫院，復令植道旁，今所榜是也。

‖ 陳晦 ‖

◎ 本文見陳晦《行都紀事》，轉錄自《類編》卷四之五「花木類」。
◎ 陳晦，未詳。
◎ 吳說，南宋著名書法家。
◎ 信州，今江西上饒。

念樓讀

西湖北山「九里松」牌匾上的字，本是吳說題寫的。高宗皇帝去天竺路過時見到了，不禁技癢，於是自己動筆，另外寫了，將吳說的字換下。

不久以後，吳說被派去信州任職，向高宗辭行。高宗問他：「『九里松』是你寫的麼？」吳答是的。高宗說：「我寫了三次，看來看去，還是不如你寫得好。」吳說再三表示不敢，然後告退。

吳說走後，皇上仍叫換上吳說的題字，找了許多地方，最後總算從天竺的庫房裏找得，便將其重新掛上了。

如今掛在那裏的，還是吳說所題的「九里松」。

念樓曰

宋高宗因為批准秦檜殺岳飛，歷來名聲不好。其實他的書法倒很出色，後世謂其「專意義獻父子，直與之齊驅並轡」，評價十分之高。他既為書家，見到好字，想寫出來比一比，應該也是常情。比了又比，覺得自己「終不如卿」，便放下皇帝的架子，將「御筆」撤下，「再揭原牌」，有此風格，作為書家已屬難得，作為皇帝就更難得了。

前面說過清乾隆特喜歡題字，他的字其實遠不如宋高宗。馬宗霍說他「每至一處，必作詩紀勝，御書刻石；其書千字一律，略無變化」。字並不怎麼樣，卻硬要包着寫，風格真不足為道。至於書法和風格還遠不如乾隆的皇帝或準皇帝，則更不足道矣。

獨樂園

⌘學其短

［只相公不要錢］

溫公一日過獨樂園，見創一側室，問守園者何從得錢。對曰：「積遊賞者所得。」公曰：「何不留以自用？」對曰：「只相公不要錢。」

‖俞文豹‖

◎ 本文見俞文豹《清夜錄》，轉錄自《類編》卷四之八「雜記類」。
◎ 俞文豹，字文蔚，宋括蒼（今屬浙江）人。
◎ 溫公，司馬光卒後被追封為溫國公。

念樓讀

獨樂園是司馬光在洛陽任職時修造的私人住宅，有小園林，因為他寫了文章，蘇軾又寫了詩介紹，所以小有名氣。他調離洛陽後，仍常有人去那裏遊覽。

後來司馬光有次再去獨樂園，見園內新建了一處側屋，便問守園人，建屋的錢是從哪裏弄來的。答說有人來遊觀，是向他們收得的錢。

「收得的錢你自己為甚麼不用？」

「錢是給園裏的，不是給我的；也只有相爺您才不要錢，沒來把錢拿走啊！」守園人答道。

念樓曰

孟子勸梁惠王「與民偕樂」，司馬光偏要獨樂，在《獨樂園記》中答覆質疑他不能學「君子所樂必與人共之」的人道：

> 叟愚，何得比君子？自樂恐不足，安能及人？況叟之所樂者，薄陋鄙野，皆世之所棄也，雖推以與人，人且不取，豈得強之乎。必也有人肯同此樂，則再拜而獻之，安敢專之哉！

看了俞文豹這則小文，覺得司馬光雖然命名獨樂，其實倒是做到了和「肯同此樂」的人同樂的。他自己造了園，任人來觀賞，觀賞的人自願給守園者一點錢，守園者用來造了間側屋，他還不知道，知道了還問守園人為甚麼自己不把這些錢用掉，真可謂「不要錢」的相公了。

這守園人也真安分守己。「相公不要錢」，他也不要。

朝雲

學其短

[一肚皮不合時宜]

東坡一日退朝，食罷捫腹徐行，顧謂侍兒曰：「汝輩且道是中有何物？」一婢遂曰：「都是文章。」坡不以為然。又一人曰：「滿腹皆是識見。」坡亦未以為當。至朝雲乃曰：「學士一肚皮不合時宜。」東坡捧腹大笑。

‖ 費袞 ‖

◎ 本文見費袞《梁溪漫志》，轉錄自《類編》卷四之八「雜記類」。
◎ 費袞，字補之，宋無錫人。
◎ 朝雲，蘇東坡的侍女。

⬤念樓讀

朝雲是蘇東坡最喜歡的侍女。

蘇東坡有天下班回家，飯後捫着肚皮慢慢地散步，一面問侍女們道：「你們說，我這肚子裏頭都是些甚麼東西？」

「都是文章啊。」一個侍女搶着答道。

東坡搖搖頭。

「都是見識。」又一個說。

東坡又搖搖頭。

最後輪到朝雲了，她說道：「我看呐，一肚子都是牢騷，不合時宜的東西。」

東坡聽了，哈哈大笑。

⬤念樓曰

偉大的領袖身邊也要有女服務員、女祕書、女護士照顧，千年前的蘇東坡自亦難免。地位雖然懸殊，人性卻無兩樣。「食罷捫腹徐行」時問問侍兒，無非尋尋開心，助助消化，難道還想得到認真的答案麼？

妾婦之道，本在逢迎主人，使其悅樂。但也得看主人和妾婦兩方面的素質，若是那種喜歡對客掏出小鏡子照着梳頭的主，則用不着恭維他滿腹都是文章見識，只要對他說革命人永遠年輕，就足夠使他笑得合不攏嘴了。至於東坡，自然只有朝雲才能引得他捧腹大笑，以至流傳出來成為佳話。費袞寫了它，我們今天還要寫。

黑暗時代

學其短

［必曰鳴呼］

神考問荊公云：「卿曾看歐陽公《五代史》否？」公對曰：「臣不曾仔細看，但見每篇首必曰鳴呼，則事事皆可歎也。」余謂公真不曾仔細看也；若使曾仔細看，必以鳴呼為是。五代之事，豈非事事可歎者乎？

‖ 孫宗鑒 ‖

◎ 本文見孫宗鑒《東皋雜錄》，轉錄自《類編》卷四之八「雜記類」。
◎ 孫宗鑒，未詳。
◎ 神考，對死去的神宗皇帝的尊稱。
◎ 歐陽公，對歐陽修的敬稱。

念樓讀

神宗皇帝問王安石：「你讀過歐陽修編纂的《五代史》嗎？」

王安石回答道：「臣沒有仔細讀過。草草翻閱，只見他每篇結語都用『嗚呼』開頭；難道說，對於當時的每件事、每個人，都只能夠搖頭歎氣麼？」

我說，從這句話來看，王安石一定是真的沒有仔細讀過《五代史》；如果仔細讀過，他就不會覺得用「嗚呼」開頭有甚麼不對了。殘唐五代時，還有甚麼事情能夠使人不搖頭歎氣的麼？

念樓曰

署名「歐陽修撰」的《五代史》，現稱《新五代史》，以別於署名「薛居正等撰」的《舊五代史》。歐氏結語每篇紀、傳的結語「首必曰嗚呼」本是事實。如《梁太祖本紀》結語首云：

嗚呼！天下之惡梁久矣！

《(後)唐明宗本紀》結語首云：

嗚呼！自古治世少而亂世多，……況於五代耶。

歷史上有所謂「黑暗時代」(Dark Age)，原是指歐洲公元五百年至一千年之間，這時戰爭不斷，沒有自由的生活、自由的思想、自由的城市和自由的人。其實如咱們的殘唐五代、秦始皇時代，外國的希特勒時代、斯大林時代……，這類人人挨整、人人受苦的時代，也是公認的黑暗時代，也是「事事可歎」的。

傍人門戶

學其短

［爭閒氣］

東坡示參寥曰：「桃符仰視艾人而罵曰：『汝何等草芥，輒居我上？』艾人俯而應曰：『汝已半截入土，猶爭高下乎？』桃符怒，往復紛紛不已。門神解之曰：『吾輩不肖，傍人門戶，何暇爭閒氣耶？』請妙總大士看此一轉語。」

‖ 蘇軾 ‖

◎ 本文見蘇軾《調謔篇》，轉錄自《類編》卷四之八「雜記類」。
◎ 蘇軾，號東坡，北宋眉山（今屬四川）人。
◎ 參寥，即僧道潛，後賜號妙總大師，與蘇軾結交於杭州。

念樓讀

東坡居士給道潛和尚寫過這樣一些話：

「有戶人家，門板上貼着門神，門楣上掛着艾人，門檻下釘着桃符，都是用來辟邪的。

「忽然那桃符抬起頭來，罵艾人道：『你是甚麼東西，一把草葉子，居然爬到我的頭上來！』艾人低頭看桃符一眼，也罵道：『半截身子都埋到土裏去了，還敢同我爭高下！』互相吵得不可開交。

「門神實在看不下去了，半勸半罵道：『你們以為自己是誰？不過是幾個給人家看門的，還有工夫在這裏爭閒氣麼。』

「請大師看看，收尾這一句，是不是有點意思。」

念樓曰

我輩凡人，不通禪理，但對於桃符和艾人之間的爭高下，也覺得沒有多大意思。本來掛高掛矮、釘上釘下，全憑主人隨意，爭有何益。

倒是寫文章的人，不妨多想想門神的話，因為自己和看門人的處境其實也差不多，反正得「傍人門戶」，按統一口徑說話，無從發表獨立的思想和見解。就是我們這些人，對於文人學者之間的高下之爭，亦不必太加注意。誰拿不拿大獎，誰稱不稱大師，又有多大區別，又有多少價值呢。

南村輟耕錄五篇〔陶宗儀〕

棒打不散

學其短

［朝儀］

大元受天命，肇造區夏，列聖相承，至於
世皇至元初，尚未遑興建宮闕。凡遇稱
賀，則臣庶皆集帳前，無有尊卑貴賤之
辨。執法官厭其喧雜，揮杖擊逐之，去而
復來者數次。翰林承旨王文忠公磐時兼太
常卿，慮將貽笑外國，奏請立朝儀，遂如
其言。

‖陶宗儀‖

◎ 本文錄自陶宗儀《南村輟耕錄》卷一。
◎ 陶宗儀，字九成，元末明初黃巖（今屬浙江）人。
◎ 世皇，元世祖忽必烈。
◎ 至元，元世祖年號（一二六四 — 一二九四）。
◎ 磐，指王磐，字文炳，永平（今河北順平縣）人，金進士。

念樓讀

元朝由蒙古入主華夏，世祖改燕京為中都時，已歷太祖（鐵木真）、太宗（窩闊台）、昭慈皇后（乃馬真）、定宗（貴由）、憲宗（蒙哥）等朝，還沒有營造宮殿，制定禮儀。

每逢慶典，大小臣工擁擠在大帳外面，爭先恐後要進去磕頭。蒙古的執法官十分討厭，舉棒痛打，可是官兒們卻打都打不散。王磐奏請快立規矩，免得外國恥笑，皇上當即同意。

念樓曰

元朝留下的筆記不多，陶宗儀《南村輟耕錄》記述忽必烈進北京做了皇帝，依舊按蒙古習慣在帳篷裏上朝，新老官員搶着磕頭，棒打不散，確實是很有趣的掌故。

更為有趣的，則是王文忠公磐「慮將貽笑外國」的「外國」，並非有黃髮碧眼的人，而是剛剛被蒙古大軍趕到江南去的南宋王朝，劉克莊正在那裏填《賀新郎》詞，問「誰夢中原塊土」哩。

王磐本人也是出生在金國的漢族讀書人，因為舉報李璮叛元投宋（在南宋要算是反正吧）有功，才被召為翰林學士的。

古時無所謂「愛國」，讀書人只知道「忠君」，誰坐在金鑾殿上就向誰磕頭，重視利祿的更是爭着去磕，棒打不散。王磐奏請立磕頭的規矩有功，於是他死後便成為元朝的「王文忠公」。

諡法也是傳統「禮制」的內容之一，卻很快被蒙古人「拿來」用上，亦足以說明漢文化的同化力強，能夠「與時俱進」。

學者從政

學其短

［徵聘］

中書左丞魏國文正公魯齋許先生衡，中統元年應召赴都日，道謁文靖公靜修劉先生因，謂曰：「公一聘而起，毋乃太速乎？」答曰：「不如此，則道不行。」至元二十年，徵劉先生至，以為贊善大夫，未幾辭去；又召為集賢學士，復以疾辭。或問之，乃曰：「不如此，則道不尊。」

‖陶宗儀‖

◎ 本文錄自《南村輟耕錄》卷二。
◎ 許衡，字仲平，號魯齋，元河內（今河南沁陽）人。
◎ 中統，元世祖始用的年號（一二六〇——一二六四）。
◎ 至元，見頁一一〇注。
◎ 劉因，字夢吉，號靜修，元容城（今屬河北）人。

念樓讀

元朝初年，學者許衡被徵召去做官，順路看望了另一位學者劉因。

「一召便去，你是不是太快了一點？」劉因這樣問許衡。

「如果不去，我的『道』怎麼能夠實現呢？」許衡這樣回答。

沒過幾年，劉因也被徵召去做了官，但沒多久便辭職了；接着朝廷又來徵聘他，他仍以病堅辭。

「你為甚麼一定要辭官不做呢？」有人這樣問劉因。

「如果不辭，我的『道』不是太廉價了麼。」劉因這樣回答。

念樓曰

許衡和劉因都強調一個「道」字，他倆一個出生於金衞紹王大安元年，一個出生在蒙古滅金以後，都沒有做過宋朝的臣民。他們讀書治學，雖然在異族統治之下，走的仍然是歷代儒生的路子，其「道」就是為了「得其君而事之」，實現「修齊治平」；至於這個君怎麼樣，他們是不能選擇也無權選擇的。

許衡深研程朱理學，「慨然以道為己任」。元世祖徵聘他去當國子祭酒（國立大學校長），後又拜中書左丞，成了國之重臣，「見帝多奏陳」，算是「能行其道」的了。劉因也講朱子之學，卻更重視個人操行，安排的官職也小些，可能有點「吾道不行」的意思，於是急流勇退，走了「退則山林」這另一條路。

大國的體面

學其短

［使交趾］

翰林學士元文敏公明善，字復初，清河人。參議中書日，會朝廷遣蒙古大臣一員使交趾，公副之。將還，國之偽主贐以金，蒙古受之，公固辭。偽主曰：「彼使臣已受矣，公獨何為？」公曰：「彼所以受者，安小國之心；我所以不受者，全大國之體。」偽主歎服。

‖ 陶宗儀 ‖

◎ 本文錄自《南村輟耕錄》卷二。
◎ 交趾，越南，當時是元朝的屬國。
◎ 明善，指元明善，字復初，元清河（今屬北京）人，諡文敏。

念樓讀

元明善在仁宗朝擢參議中書省事，升翰林學士。正值朝廷派某蒙古大臣出使交趾，元為副使。此時交趾國內政權不穩，國主想結交中朝大官，便在使臣回國時以重金賄贈。那位蒙古大臣欣然接受了，元明善卻堅不肯受。

「正使大人都收下了，您為何定要拒絕呢？」國主問道。

「他未加拒絕，是為了看重國主的情面，使你們小國安心；我必須拒絕，是為了保持自己的操守，維護大國的體面。」

聽了元明善這番話，國主不禁肅然起敬。

念樓曰

元朝是蒙古人建立的政權，其用人標準是一蒙古、二色目（中亞及西亞人）、三漢人（遼金遺民及北方漢人）、四南人（南方漢人）。元明善屬於漢人，雖為翰林學士，也只能當副使，還得幫受賄的蒙古正使打圓場，以「全大國之體」。

當時的蒙古（元）確實是大國。元太祖鐵木真（成吉思汗）和太宗（窩闊台）命拔都的兩次西征，橫掃亞歐大陸，小國紛紛臣服。但世祖（忽必烈）滅南宋後，出征日本、安南（交趾）都不順利，他死後的成宗、武宗、仁宗對外已無法用兵，但「大國」的架子還在。元明善當着交趾「偽主」面稱其為「小國」，便是這種「大國心理」的暴露。

大國其實不好當，不能只圖大國的風光，不顧大國的體面。

正室夫人

[司馬善諫]

御史大夫也先帖木兒，與夫人不睦，已數年矣。翰林學士承旨阿目茄八剌死，大夫遣司馬明里往唁之。及歸，問其所以，明里云：「承旨帶罟罟娘子十有五人，皆務爭奪家財，全無哀戚之情；惟正室坐守靈幃，哭泣不已。」大夫默然。是夜，遂與夫人同寢，歡愛如初。

‖ 陶宗儀 ‖

◎ 本文錄自《南村輟耕錄》卷二十二。
◎ 也先帖木兒，蒙古許兀慎氏，元仁宗時知樞密院事。
◎ 罟罟，蒙古語，蒙古貴婦所戴的高冠。

念樓讀

御史大夫也先帖木兒，嫌棄自己的夫人好幾年了，一直對她十分冷淡。

有次首席翰林學士阿目茄八刺死了，也先帖木兒派一名司馬去弔孝，回來後問他死者的後事，司馬回答說：

「承旨大人府上，戴鳳冠的姨太太有十五位，都忙着爭分財物，全不悲傷；一直守在靈前哭着的，只有一位正室夫人。」

也先帖木兒聽後，默然無語。當天晚上，他便到夫人房中住了，從此恩愛如初。

念樓曰

讀《元史》，尤其是這回寫這節小文，十分討厭「也先帖木兒」「阿目茄八刺」這類名字。讀《清史稿》便好得多，「阿桂」「和珅」均可接受，因為他們願意漢化，後來連「愛新覺羅」都改成了「金」。

但夫妻男女之間的事情，民族差異卻似乎並不明顯，官做大了，都會想多要幾個娘子。戴罟罟（罟音 gǔ）的姨太太達十五位，承旨大人身體再棒，恐怕也難以「承旨」，於是正室夫人不能不「坐守靈幃，哭泣不已」了。

如今世界上有些國家允許一夫四妻（這倒正合了辜鴻銘老先生「一把茶壺四個杯」的妙喻），咱們這兒還有共產主義道德約束着，當官的總不會三妻四妾，自然會珍重正室夫人，不會冷落她的吧。

「有氣味」

● 學其短

[病潔]

毗陵倪元鎮有潔病。一日，眷歌姬趙買兒，留宿別業中，心疑其不潔，俾之浴。既登榻，以手自頂至踵，且捫且嗅，捫至陰，有穢氣，復俾浴。凡再三，東方既白，不復作巫山之夢，徒贈以金。趙或自談，必至絕倒。

‖ 陶宗儀 ‖

◎ 本文錄自《南村輟耕錄》卷二十七。
◎ 毗陵，今常州。
◎ 倪元鎮，名瓚，號雲林子，元無錫人。

念樓讀

　　大畫家倪雲林講究清潔講究得過了頭，簡直成了病態。有次他看上了一個叫趙買兒的歌妓，招來陪宿。叫她洗澡上牀後，又手摸鼻嗅，仔細檢查。檢查到私處，覺得「有氣味」，又叫她下牀再去洗。洗後再嗅，嗅後再洗，折騰到天亮，興致也折騰得等於零了，白給了一筆服務費。

　　後來趙買兒說起這回事，每次都笑得直不起腰來。

念樓曰

　　藝術家的行為，往往有一般人覺得怪異的。這件事涉及兩性關係，更容易引起人們的興趣，或認為不可理解。其實倪雲林此種怪癖乃是一種病症，現代醫學上稱為「強迫症」，「潔癖」只是其表現之一。我曾親見有患者總嫌自己的手不乾淨，從早到晚不斷地洗手，冬天因為手的皮膚老用肥皂洗，總是開裂，以至流血，他卻仍然不斷地洗。據說此病很難治好，患者痛苦不易解脫，甚至為此輕生。

　　人的性器位於「兩便之間」，佛家說最為「不淨」，難怪我們的大畫家要「且捫且嗅」，至再至三，仍然覺得「有氣味」，不行。其實這種「不淨觀」乃是反自然、反科學的。人體只要沒有生病，並保持清潔，有氣味亦不至於「穢」。據性學者說，兩性互相吸引的途徑，主要是通過視覺、觸覺和嗅覺；那麼「有氣味」乃是正常的，毫無氣味反而未必正常了。

菽園雜記六篇〔陸容〕

兒子豈敢

學其短

［王侍郎］

正統間，工部侍郎王某，出入太監王振之門。某貌美而無鬚，善伺候振顏色，振甚眷之。一日問某曰：「王侍郎，爾何無鬚？」某對曰：「公無鬚，兒子豈敢有鬚？」人傳以為笑。

‖ 陸容 ‖

◎ 本文錄自陸容《菽園雜記》（下簡稱《雜記》）卷二，原無題，下同。
◎ 陸容，字文量，明太倉（今屬江蘇）人。
◎ 正統，明英宗年號（一四三六 — 一四四九）。
◎ 王振，明英宗時宦官，擅權跋扈，後死於亂兵之中。

⬤念樓讀

明英宗正統年間，司禮監太監王振掌權，勢傾朝野。英宗稱之為「先生」，百官尊之為「翁父」，還有些最不要臉的官員，乾脆自願做乾兒子，叫他乾爸爸。

工部侍郎王某最會拍馬屁，又年輕貌美，很得王振歡心。有一次王振問他：

「王侍郎，你為甚麼不蓄鬍子呢？」

王某恭恭敬敬地回答道：「您老人家沒有鬍子，做兒子的我，又怎麼敢有鬍子啊！」

⬤念樓曰

演《西廂記》，張生得了相思病，頭上紮着手巾，手裏撐根木棍，走出來叫書僮。書僮上台時，頭上也紮着手巾，手裏也撐根木棍，顯得比張生病得更厲害。張生驚問道：「你也病了？」書僮答道：「相公病了，我不敢不病呀！」

書僮「不敢不病」，是為了學樣；王侍郎「不敢有鬍」，卻是為了逢迎。小書僮只是可笑，堂堂侍郎則可恥至極矣。

為了做官，不惜先做別人的兒子，甚至做太監的兒子。這種死不要臉的人怎麼能夠當上侍郎（副部長），真是怪事。明士大夫高談氣節者最多，寡廉鮮恥、毫無骨氣者亦最多，這其實是一件事情的兩面。當時君權最尊，人格最賤，進士翰林出身的官，動輒可以廷杖（打屁股）。屁股朝夕不保，臉面如何能存，所以王侍郎他們就乾脆不要臉了。

「凡是派」

學其短

[御製大全]

正統初，南畿提學彭御史勖，嘗以永樂間
纂修《五經四書大全》討論欠精，諸儒之
說有與《集注》背馳者，遂刪正自為一書，
欲繕寫以獻。或以《大全》出自御製而止。
以今觀之，誠有如彭公之見者，蓋訂正經
籍，所以明道，不當以是自沮也。

‖ 陸容 ‖

◎ 本文錄自《雜記》卷三。
◎ 正統，明英宗年號（一四三六 —— 一四四九）。
◎ 南畿，即南都，明朝時指南京。
◎ 彭勖，字祖期，明永豐（今屬江西）人。
◎ 永樂，明成祖年號（一四〇三 —— 一四二四）。

念樓讀

英宗皇帝初年，御史彭勖（當時在督理南京學政）認為，永樂年間編成的《五經四書大全》輯錄各家的論點，頗有與朱子《集注》不合的地方；於是加以辯證，寫成專書，準備送審。有人說，《五經四書大全》（以下簡稱（《大全》）是永樂皇上「御製」的書，怎麼能改，這事便中止了。

現在看來，彭君所見不為無理。學問愈研討愈精進，真理越辯論越分明，怎麼能因為是「御製」的便不允許討論、修改了呢？

念樓曰

「凡是派」好像只在上世紀七十年代末八十年代初出現過一陣子，就「前不見古人，後不見來者」了。讀了這則「雜記」，才知道明朝正統年間也有。古人云，「五百年猶比膊」，不僅五百年前有，就是五百年後亦未必沒有，如果專制政治和專制文化還能存在五百年。

《五經四書大全》（以下簡稱《大全》）出自御製，彭勖要「刪正自為一書」，「或以《大全》出自御製而止」，這「或以」的他們不正是「凡是派」麼？

《大全》所採「諸儒之說，有與（朱子）《集注》背馳者」，彭勖就要來「刪正」，他難道不也是「凡是派」麼？

凡是「御製」便得維護，凡是「朱注」便得遵從。最可怕的是，此亦不必以朝廷詔令行之，反彭勖的和彭勖都是自覺自願這麼幹的，他們早就被訓練成「志願凡是派」了。

自稱老臣

學其短

[危素]

高皇一日遣小內使至翰林，看何人在院。時危素太僕當值，對內使云：「老臣危素。」內使覆命，上默然。翌日傳旨，令素余闕廟燒香。蓋余、危皆元臣，余為元死節。蓋厭其自稱老臣，故以愧之。

‖ 陸容 ‖

◎ 本文錄自《雜記》卷三。
◎ 高皇，時人對明太祖朱元璋的稱呼。
◎ 危素，字太樸，元大臣，明初授翰林侍講學士。
◎ 余闕，元大臣，曾同危素修史，後死於紅巾軍手中。

念樓讀

危素和余闕，都是所謂文學名臣，在元朝都入過翰林院，修過史。後來元朝滅亡，余闕死於守城，危素則又進了明朝的翰林院。

有一天，明太祖派了個小太監去翰林院問問是誰在值班。危素朗朗高聲地回答道：「老臣危素。」

小太監回宮覆命，太祖聽了，一言不發。大概他覺得危素的「老」是「老」在前朝，現在實在不該倚老賣老，於是第二天就傳旨令危素去余闕廟（在安慶）燒香，意思是要他到死節的老同事墳前去一趟，看他還好不好意思活得這樣精神。

念樓曰

叫危素去余闕廟燒香，正好比叫陳明仁去戰犯管理所看宋希濂、杜聿明，區別只在於一是看死者，一是看生者。一死一生，死者無言，還好應付；生者見了面總不能不說話，一為座上客，一為階下囚，這話又如何說，豈不尷尬。想想這種安排也實在太挖苦人了，真不知當初怎麼想得出來。

只做做文章的老先生如余闕者，本不必為元朝「死節」，何況那是「非我族類」的姓奇渥溫的家天下。危素若遲生六百年，說不定還可以早點伸張民族大義，參加民族起義，那就不但可以自稱老臣，而且可以自稱老革命了。

染髮

⊙**學其短**

[白髮白鬚]

陸展染白髮以媚妾，寇準促白鬚以求相，皆溺於所欲，而不順其自然者也。然張華《博物志》有染白鬚法，唐宋人有鑷白詩，是知此風其來遠矣。然今之媚妾者蓋鮮，大抵皆聽選及戀職者耳。吏部前黏壁有染白鬚髮藥、修補門牙法，觀此可知矣。

‖ 陸容 ‖

◎ 本文錄自《雜記》卷九。
◎ 陸展，未詳。
◎ 寇準，字平仲，北宋時下邽（今陝西渭南）人。
◎ 張華，字茂先，西晉時方城（今河北固安）人。

念樓讀

陸展將白頭髮染青討好小老婆，寇準拔掉鬚鬙爭取當宰相，都是為了個人目的，對抗自然規律；但是晉人張華在《博物志》中就介紹過染白鬚鬙的方法，唐人、宋人也寫過鑷去自己白頭髮的詩，可見此事由來已久。

不過如今這樣做的人，多數倒不是為了搞到女人，而是為了搞到官位。不信你可以看看，賣烏鬚藥和鑲牙補牙的廣告，豈不是都貼在吏部衙門前，並沒貼到風月場所去麼。

念樓曰

陸展不知何許人，「染白髮以媚妾」，這種「裝嫩」雖然太肉麻，但只要他自己的老臉上擱得住，畢竟與別人沒太多關係。拔掉白毛、補齊牙齒，說想多為人民服務，其實想的全是功名利祿，更進一步則改小年齡，假造履歷，相率而為偽，這就於世道人心大有妨礙，不完全是個人的事情了。

對於我來說，烏鬚藥首見於《龍鳳呈祥》，戲台上的劉備招親成功，它起到了決定性的作用。當然皇叔的大目標乃是荊州而非孫尚香，政治從來是第一位的。不愛江山愛美人，是無大志的人生哲學，大英帝國溫莎公爵庶幾近之。在男尊女卑的東方，則只要有了江山，又何愁沒有美人，即使他七八十歲了，如還有此需要，年輕的女祕書、女護士不都爭着上，誰還敢要他染頭髮。

畫聖像

學其短

[傳寫御容]

高皇嘗集畫工傳寫御容，多不稱旨。有
筆意逼真者，自以為必見賞，及進覽，亦
然。一工探知上意，稍於形似之外，加穆
穆之容以進，上覽之，甚喜，仍命傳數本
以賜諸王。蓋上之意有在，他工不能知也。

‖ 陸容 ‖

◎ 本文錄自《雜記》卷十四。
◎ 高皇，見頁一二六注。

念樓讀

太祖皇帝召來多位畫師為自己畫像，畫出來都不滿意。有畫像技術最高、畫得最像的，以為自己畫的萬歲爺一定會滿意，結果也不行。

只有一位畫師揣摩出了皇上的心思，特地將御容畫得格外慈祥，呈上去以後，龍心大悅，又叫他再多畫幾幅，分賜給封了王的各位皇子。

念樓曰

都知道朱元璋「五嶽朝天」，滿臉橫肉，一副殺人不眨眼的兇狠相。如果照着真容來畫聖像，自然會越逼真越難看，畫得越像越「不行」。

只有殺起人來絕不心慈手軟，才能奪得天下。奪得天下以後，為了收攬人心，又得以慈眉善目的姿態出現，於是此聖像便只能依賴畫師們來「創作」了。這種「創作」當然是一種宣傳，「客觀主義」首先要反對，「為真實而真實」也不行，必須服從政治，服從國家的最高利益，無論如何也得畫出一副「穆穆之容」，畫出一個親民愛民的皇帝來。

我很佩服那位能夠「探知上意」的畫工的本領，憑着這套本領，明朝那時候如果建立「美協」，他「當選」主席肯定沒有問題。那些畫得最像的，則只怕還會落下個醜化萬歲爺形象的罪名，吃不了兜着走。

烏桕樹

學其短

[桕]

種桕必須接，否則不結子，結亦不多。冬
月取桕子舂於水碓，候桕肉皆脫，然後篩
出核，煎而為蠟，其核磨碎，入甑蒸軟，
壓取清油，可燃燈，或和蠟澆燭，或雜桐
油製傘；但不可食，食則令人吐瀉。其渣
名油餅，壅田甚肥。

‖ 陸容 ‖

◎ 本文錄自《雜記》卷十四。

念樓讀

烏柏樹只能用接枝法繁殖，成樹後才能結子，否則即使結子，也不會多。

十一月間採了柏子，用水碓舂搗，使核外的一層「肉」脫落，然後過篩，將二者分開。「肉」煎成蠟，是製燭的材料。核磨碎蒸軟榨出油，可用來點燈，也可摻在蠟中製燭，或摻入桐油製雨傘；但不能食用，誤食了會使人上嘔下瀉。

柏子榨油後的枯餅，是農田的好肥料。

念樓曰

在我的家鄉，水邊常有柏樹，樹幹和樹枝多彎向水面，小孩可以爬上去，當然印象最深的還是它的紅葉。後來才知道，張繼的「江楓漁火對愁眠」、劉伯溫的「紅樹漫山駐歲華」，都是詠烏柏的。陸子章《豫章錄》云：

饒信間柏樹冬初葉落，結子放蠟，每顆作十字裂，一叢有數顆，望之若梅花初綻。枝柯結曲，多在野水亂石間，遠近成林，真可作畫。

也寫得很傳神。可惜我從離鄉以後，即未再見過它的身影。

柏子出的油有三種，平江人分別稱為皮油（「肉」即核外蠟質層所製）、子油（核即種仁所製）、木油（整粒柏子所製）。皮油的硬脂酸含量高，澆成的蠟燭較硬，優於用木油者。

如今鄉下有了電燈，敬神的燭亦改用石蠟製成，柏樹不再有經濟價值，唯願還能留一點下來，點綴山村的風景。

古今譚概五篇 〔馮夢龍〕

心中無妓

［兩程夫子］

兩程夫子赴一士夫宴，有妓侑觴。伊川拂衣起，明道盡歡而罷。次日，伊川過明道齋中，慍猶未解。明道曰：「昨日座中有妓，吾心中卻無妓。今日齋中無妓，汝心中卻有妓。」伊川自謂不及。

‖ 馮夢龍 ‖

◎ 本文錄自馮夢龍《古今談概》（下簡稱《譚概》）「迂腐部第一」。

◎ 馮夢龍，字猶龍，明長洲（今蘇州）人。

◎ 兩程夫子，即程顥、程頤兄弟，北宋洛陽人。

◎ 伊川，程頤（字正叔）的外號，為顥之弟。

◎ 明道，程顥（字伯淳）的外號。

念樓讀

程顥（明道）、程頤（伊川）兩兄弟，都以講道學出名，被尊稱為「兩程夫子」。有回哥倆同往官宦人家赴宴，有妓女來陪酒。小程先生怕妓女近身，連忙站起，整整衣襟，大步離開了；大程先生卻若無其事，和眾客人一同笑談飲酒，直至終席。

第二日，小程先生來到哥哥書房，講起頭天讓妓女來陪酒，仍然氣憤。大程先生便對弟弟說：「昨天酒席上有妓女，我心目中卻沒有妓女；今天這書房中沒有妓女，你心裏卻還有妓女啊。」

念樓曰

《古今譚概》是馮夢龍纂輯的一部書，「心中無妓」這個故事傳說甚廣，大概亦非馮夢龍虛構的。兩兄弟都是道學家，但看來哥哥的「道學」水平比弟弟更高。他以為，只要心中無妓，座中即使有妓，也不會影響自己的「道學」形象。

其實在古時，士大夫們對家妓或官妓，逢場作戲一下是完全沒有關係的，不過道學先生要當「夫子」，便不得不從高從嚴要求自己，裝出一副特殊材料做成的人模人樣。

小程先生「拂衣起」，至次日「慍猶未解」，面皮繃如此久，血壓肯定升高，比起大程先生隨大流「盡歡而罷」，似乎更不利於養生。可是弟弟只比哥哥小一歲，卻在哥哥去世後還活了二十二年，這又如何解釋呢？難道要做到「心中無妓」，見可欲而心不亂，竟如金庸所寫的「必先自宮」，比起板起一副臉裝正經，對於身心健康更為不利麼？

大袖子

● 學其短

［盛天下蒼生］

進士曹奎作大袖袍，楊衍問曰：「袖何須此大？」奎曰：「要盛天下蒼生。」衍笑曰：「盛得一個蒼生矣。」

‖馮夢龍‖

◎ 本文錄自《譚概》「怪誕部第二」。

念樓讀

曹奎中了進士，製袍服時有意將袖子做得特別大，穿在身上，招搖過市。

「你這袖子做得太大了吧？」楊衍見了，問他道。

「就是要大，才裝得下天下黎民百姓呀。」曹奎得意洋洋地回答。

「我看哪，天下黎民百姓雖然裝不下，一個兩個倒硬是裝得進去了。」楊衍笑着說了這麼一句。

念樓曰

做大官的總說「心中要裝着老百姓」，翻譯成古話，也就是「盛天下蒼生」了。

若真能如此，當然很好。怕就怕像曹奎那樣，專門只在衣服之類事情上做表面功夫。修行館若干處，一擲幾個億，衣服卻打上幾十個補丁，還擺出來展覽，也不怕漫畫化了自己。

在上者提倡某種精神，宣傳某種思想，要收效莫如身體力行，而不在多言。頒佈幾條順口溜式的口號，比如「盛天下蒼生」之類，以為如此天下蒼生便會得救，豈非捏着鼻子哄自己。官兒們倒是會聞風而動，「上頭」怎樣說，他們立馬就會怎樣表現，曹奎的大袖袍便是表現之一。但是，蔣介石手訂的「黨員守則」背得再滾瓜爛熟，亦無救於國民黨的敗亡啊。

不怕殺頭

學其短

［仕途之險］

世廟時，通州虜急，怒大司馬丁汝夔，置之辟。縉紳見而歎息曰：「仕途之險如此，有何宦情？」中一人笑曰：「若使兵部尚書一日殺一個，只索拋卻。若使一月殺一個，還要做他。」

‖ 馮夢龍 ‖

◎ 本文錄自《譚概》「痴絕部第三」。
◎ 世廟，明世宗，即嘉靖皇帝。
◎ 丁汝夔，字大章，明霑化（今屬山東）人。

念樓讀

嘉靖時北方蒙古族俺答汗率部入侵，京師一度危急。皇上怪罪兵部尚書丁汝夔抵禦無方，將其斬首示眾，這件事在百官中引起很大震動，都覺得仕途險惡，說：

「動不動就殺頭，誰還敢做官。」

「怎麼沒有人敢做呢，這是大官呀！」有人笑道，「兵部尚書這把虎皮交椅，如果坐一天便殺頭，也許沒人爭着坐；只要坐得上個把月，就是殺頭，也還是有人要爭着坐的。」

念樓曰

為了做官不怕殺頭，這似乎是一句挖苦話，其實不然。後來明朝的兵部尚書被「大辟」的仍舊不少，如熊廷弼、袁崇煥，而且都是忠臣。明知這把交椅坐上危險，還是毅然決然坐上去，真所謂忠臣不怕死了。

貪官不怕死的就更多。明太祖恨貪官，縣官貪污被告發，便將其剝皮填草，掛在縣衙內堂示眾。新縣官來上任，吏胥們常竊竊私語：「填草的又來了。」

如今讀報，亦常見有貪官判死刑、判死緩，不怕判的卻越來越多。斯蒂文森寫《自殺俱樂部》，有波斯王子花錢買死；我們的貪官用來買死的錢，本就是憑空手道得來的，不必從波斯王宮遠道搬來，所以才會更加「大方」和「痛快」。

那兩年靠誰

［吳蠢子］

吳蠢子年三十，倚父為生，父年五十矣。
遇星家推父壽當八十，子當六十二。蠢子
泣曰：「我父壽止八十，我到六十以後，
那二年靠誰養活？」

‖ 馮夢龍 ‖

◎ 本文錄自《譚概》「專愚部第四」。

● 念樓讀

有個姓吳的人，二十歲做了爸爸，兒子養到三十歲，他自己已經五十歲了。這個兒子蠢得很，名字就叫「蠢子」，生活全得爸爸照顧。

有天來了個算命先生，爸爸請他替自己和兒子算命，結果算出，爸爸壽八十，兒子也會活到六十二。蠢子聽後，號啕大哭：

「爸爸八十歲死了，我六十歲以後還有兩年，那兩年靠誰養活啊！」

● 念樓曰

不幸生下白痴或低能兒，只能盡一世義務，身後還會留下遺恨。對此社會應予同情，國家也該關心，決不該覺得好笑。舊笑話打趣殘疾人，乃是國民心理不健全的表現。但取笑弱智和病人的畢竟還少，除了藉呆女婿、傻新娘講黃色笑話。

這位吳蠢子卻未必很蠢，他知道父親大自己二十歲，算得出八十減二十再減六十二等於負二，知道父親死後還有兩年無人養活自己。如果及早訓練他學會獨立生活，不讓他養成飯來張口、衣來伸手的習慣，很可能他就不會如此號啕大哭了。

社會上有所謂的特權階層。讓一部分人先富起來以後，又出現了新富階層。富貴之家，自然會注意子女教育。但如果教之不以其道，子女雖然並不弱智，也會被嬌慣成飯來張口、衣來伸手的少爺小姐。富人的命即使再長，壽終正寢時也會放心不下的。

人之將死

學其短

［此酒不堪相勸］

宋明帝賜王景文死。景文在江州，方與客棋。看敕訖，置局下，神色怡然。爭劫竟，斂納盒畢，徐言：「奉敕賜死。」方以敕示客，因舉鴆謂客曰：「此酒不堪相勸。」遂一飲而絕。

‖ 馮夢龍 ‖

◎ 本文錄自《譚概》「越情部第十」。
◎ 宋明帝，即劉彧，南朝宋皇帝，四六五年至四七二年在位。
◎ 王景文，名彧，南朝宋臨沂（今屬山東）人。
◎ 江州，今江西九江。

⬤念樓讀

劉宋朝的明帝決定要王彧死在自己前頭，自知不起時，派使者將敕書和毒酒送到江州去，令其服毒自盡。

使者到時，王彧正在和客人下棋。他讀過敕書，將它和毒酒放在一旁，繼續將一局棋下完，收好棋子，才從容對客人說：

「皇上要我死呢。」順手將敕書遞給客人一看，然後舉起毒酒說，「這壺酒沒法請你喝啦。」自己幾口吞下，隨即氣絕。

⬤念樓曰

人之將死，其本來面目、風度、修養都會顯示出來。

王彧出身名門，富有才學，從小即很受宋武帝（明帝之父）愛重，選他妹妹為太子妃，又要將公主嫁給他，想太子和他互為郎舅。王彧倒沒甚麼野心，他多次辭謝加官晉爵，還以病體辭不尚主。明帝即位後，他更加謹慎小心，主動請求出守外地，遠離政治中心。但即使如此，當明帝重病快死時，怕以後太子年幼，皇后臨朝，王彧是「元舅」自然會出掌國政，以他的才能和資望，天下便可能會由姓劉變為姓王，所以還是決定請他喝毒酒，先行一步。

這便是專制政體最可怕、最黑暗的一面。君要臣死，臣便不得不死。即使位極人臣，甚至是二把手，毒酒送來也不能不喝。王景文能留下這麼一句有風度的、耐人尋味的話，至少比鄧拓在遺書中還不得不三呼萬歲自在得多。

廣東新語八篇〔屈大均〕

水 流 鵝

● 學其短

[淘鵝]

淘鵝，即鵜鶘也，曰逃河者，淘鵝之訛也，陽江人則謂水流鵝云。其大如鵝，能沉水取魚，或竭小水取魚。頤下有皮袋，常盛水二升許以養魚，隨水浮游。每淘河一次，可充數日之食。漁童謠云：「水流鵝，莫淘河。我魚少，爾魚多。竹弓欲射汝，奈汝會逃何。」

‖ 屈大均 ‖

◎ 本文錄自屈大均《廣東新語》（下簡稱《新語》）卷二十。
◎ 屈大均，字翁山，明末清初番禺人。
◎ 陽江，今廣東省陽江市江城區。

念樓讀

　　廣東地方有一種水鳥叫做「淘鵝」，有時口音略變又叫「逃河」，陽江的方言則叫「水流鵝」，其實就是別處叫鵜鶘的。其形體大小如鵝，會潛水捕魚，還會將淺水弄乾取魚。捕得魚牠並不全都立即吞食，而是將有的魚「養」在下喙下面的皮囊裏；養魚的水，有時多達兩升。牠每游弋捕魚一次，便能吃上好幾天。

　　水流鵝哎莫淘河，我的魚少你魚多。

　　彎起竹弓想射你，你又會跑奈不何。

　　漁家有一首兒歌就是這樣唱的。

念樓曰

　　《辭海》（一九七九年版一七七五頁）云：

　　鵜鶘（Pelecanus），亦稱「伽藍鳥」「淘河鳥」「塘鵝」，……下頜底部有一大的皮囊，俗稱「喉囊」，可用以兜食魚類。性喜羣居，主要棲息在沿海湖沼、河川地帶。……

　　我想這裏說的「淘鵝」即《辭海》所謂的「塘鵝」，「逃河」即「淘河鳥」，應該沒有甚麼問題，只有「伽藍」這個梵文音譯詞有點突兀。一查，方知「伽藍鳥」出於佛經，給中國人用的《辭海》本該稍加說明，不能怪屈大均失記。

　　屈大均對於漁童歌唱的水流鵝「竭小水取魚」和（頤下皮袋）「常盛水二升許以養魚」的生態，觀察入微，描寫生動，在關於自然史的記載中殊不多見。

狗與奴才

學其短

[番狗]

蠔鏡澳多產番狗，矮而小，毛若獅子，可值十餘金，然無他技能。番人顧貴之，其視諸奴困也，萬不如狗。寢食與俱，甘脆必先飼之，坐與立，番狗惟其所命。故其地有語曰：「寧為番狗，莫作鬼奴。」

‖ 屈大均 ‖

◎ 本文錄自《新語》卷二十一。
◎ 蠔鏡澳，當作「濠鏡澳」，即澳門。

● 念樓讀

澳門地方多有洋狗，軀體矮小，長着獅子似的長毛。牠們完全不能看門、捕獵，卻要賣十多兩銀子一隻。

洋人很看重自己養着玩弄的這種狗，和牠同住同吃，好吃的食物先給牠吃，對狗比對買來的幼年奴僕寵愛得多。

洋狗也很聽洋人的話，叫牠坐就坐，叫牠站就站，人和狗倒是蠻融洽的。所以澳門當地有這樣一句俗話：

「寧可變洋狗，也甭作洋奴。」

● 念樓曰

西洋人對狗的態度，自來和中國人很不相同。葡萄牙人居留澳門已久，他們養狗作為玩伴，還買來黑人或華人的幼童作為僕役，此即所謂「奴团」。在葡萄牙人心目中，這些「奴团」的確是「萬不如狗」的。

「寧為番狗，莫作鬼奴」，這是痛恨「洋鬼子」的本地「奴团」才講得出的心裏話。但在大多數中國人看來，狗總是更卑賤的東西，罵人罵「狗奴才」也顯得更為厲害。但狗與奴才，在必須服從主人這一點上其實並沒有甚麼不同，他們和牠們都必須交出自己的自由，作為被豢養的代價。不過奴才讀過書，能識字，心思也更靈泛一些，所以得為主人做更多的事，也更不容易討好。

瑤人美食

［竹䶉］

竹䶉穴地食竹根，毛鬆，肉肥美，亦鬆，
肉一二臠可盈盤，色紫，味如甜筍，血鮮
飲之益人。瑤中以為上饌，謂之竹豚。予
詩：「海人花蜃蛤，山子竹雞豚。」

‖ 屈大均 ‖

◎ 本文錄自《新語》卷二十一。

念樓讀

竹老鼠住行都在地下，專門在地下吃竹根。牠的皮毛柔軟，軀體也很柔軟，肉非常肥美，可以切成大片，一兩片便是一盤，呈紫色，鮮甜如嫩筍。牠的鮮血直接飲用，據說也很養人。

瑤家將牠視為上等食品，稱之為「竹豬」。我在一首寫廣東風物的詩中也讚賞過：

海上人採來的鮮貝，山裏人捉到的竹豬。

念樓曰

「文化大革命」中，我在湖南茶陵「洣江茶場」服刑，曾和一個從江華林區送來的瑤族犯人同隊。有次他講起，捉了竹老鼠，用「木葉」燒熟後撕成大塊，就着上山打獵或挖筍時隨身帶的「鹽巴」，咬一口肉，舐一舐鹽巴，「那個味道呀，真比睡婆娘還美」！

他就是因為燒竹老鼠吃，失火延燒了一小片山林，被作為「縱火犯」判刑五年的。我打趣他道：

「吃隻竹老鼠，判了五年刑，你後悔不後悔？」

他仍然沉浸在對美味的回憶中，低下頭想了想，才慢慢地回答我道：

「後悔當然有點後悔，判了我五年哪五年──不過竹老鼠那硬是好吃得很！」

何必引韓詩

學其短

[龍蝦]

龍蝦巨者重七八斤，頭大徑尺，狀如龍，采色鮮耀，有兩大鬚如指，長三四尺。其肉味甜，稍粗於常蝦。以殼作燈，光赤如血珀，曰龍蝦燈。東莞、新安、潮陽多有之。昌黎詩：「又嘗疑龍蝦，果誰雄牙鬚。」

‖ 屈大均 ‖

◎ 本文錄自《新語》卷二十二。
◎ 東莞、新安、潮陽，皆當時廣東縣名，即今之東莞市、深圳市寶安區、潮陽市。
◎ 昌黎詩，即韓愈詩，昌黎為韓氏郡望。

念樓讀

龍蝦可以大到七八斤一隻，頭部可以有尺把寬，儼然像個龍頭，色彩斑斕，還有兩根三四尺長，粗如手指的鬚。

牠的肉味鮮甜，但是比普通河蝦肉要粗些。在牠的殼內點燈，光亮有如紅琥珀，便是有名的龍蝦燈。

東莞、新安、潮陽沿海都產龍蝦。韓愈在潮州時寫詩道：

見到龍蝦時不禁想問問牠，誰還有更長更美的鬚和牙？

念樓曰

舊時作文喜歡引用古人句子證明自己的淵博，其實這在大多數情況下都是沒有必要的，屈大均介紹龍蝦引韓愈的詩，即屬此類。

韓愈當然是大文豪，確實寫過不少好詩，這兩句卻寫得並不好。全詩見《昌黎先生集》卷六，題目是《別趙子》。這裏說龍蝦的鬚「雄」也許不錯，說龍蝦的「牙」也「雄」就太離譜了，因為蝦是沒有牙的呀。古詩為了湊字數或者押韻，常有這種用字不顧字義的情形，雖韓公亦不免焉。

屈氏說龍蝦肉粗，則一點不錯，我就不喜歡吃龍蝦（和一切的海蝦），只喜歡吃河蝦，尤其是現剝現炒的蝦仁。至於「光赤如血珀」的龍蝦燈，自己雖未見過，知道「東莞、新安、潮陽多有之」也足夠了，昌黎詩實在不必抄引也。

金色的絲

[天蠶]

天蠶出陽江，其食必樟楓葉。歲三月熟，
醋浸之，抽絲長七八尺，色如金，堅韌異
常，以作蒲葵扇緣，名天蠶絲。亦有成繭
者，大於家蠶數倍。《禹貢》：「厥篚檿絲。」
或即此類，然不可繅為絲。入貢者，齊魯
之山繭也。有沙柳蟲，腹中絲亦可作緣。

‖ 屈大均 ‖

◎本文錄自《新語》卷二十四。

🔵 念樓讀

廣東陽江有種野蠶叫天蠶,專吃樟葉和楓葉。每年三月蠶體成熟即將吐絲時,將其捉來浸在醋裏,可以抽出七八尺異常堅韌的絲來。其絲金光燦爛,最適於用來纏葵扇的邊。

如果不如此浸製,天蠶也能在樹上成繭。這繭要比家蠶的大好幾倍,卻無法繰成絲。《尚書‧禹貢》所說的充當貢品的「厥篚檿絲」,有人說是這種天蠶絲,其實應是山東地方野生桑蠶的絲。

另外還有一種長在沙柳樹上的野蠶,也可以取其絲纏扇子。

🔵 念樓曰

《禹貢》敍述夏禹「別九州」後「任土作貢」(依照各州土地的出產,決定其貢獻的種類),在談到青州的時候,說了「厥篚檿絲」這句話。

「厥」即是「其」;「篚」音 fěi,是裝東西的竹器;「檿」音 yǎn,是山桑樹。「厥篚檿絲」的意思便是:其地用竹籠裝山桑蠶絲。據說「山桑葉小於桑而多缺刻,(木)性尤堅緊」;吃山桑樹葉的蠶所吐的絲,特別適於做琴弦。

看來青州所貢的這種絲,確實不是「以作蒲葵扇緣」的天蠶絲;「海岱惟青州」,在渤海和岱(泰)山之間吃山桑葉的野蠶,也確實不是在廣東陽江地方「食必樟楓葉」的天蠶。

天蠶的金色的絲,不知道如今還有沒有人在用醋浸取,真想搞「長七八尺」的一根來看看,雖然蒲扇早就不用了。

香分公母

學其短

［丁香］

丁香，廣州亦有之，木高丈餘，葉似櫟，花圓細而黃，子色紫，有雌有雄。雄顆小，稱公丁香。雌顆大，其力亦大，稱母丁香。從洋舶來者珍。番奴口常含嚼，以代檳榔。其樹多五色鸚鵡所棲，以丁香未熟者為餌；子既收，則啄丁皮。

‖ 屈大均 ‖

◎ 本文錄自《新語》卷二十五。

念樓讀

丁香樹廣州也有，它高一丈多，葉子有些像欅樹，花朵細圓，花蕊色黃，結紫色的子，這子就是人們所說的丁香。

人們又將丁香分為公、母兩種，小顆的叫「公丁香」，大顆的叫「母丁香」。母丁香效力大一些，但也不如從外國來的貴重。南洋人喜歡嚼丁香，跟嚼檳榔一樣。

丁香樹結子時，常有彩色羽毛的鸚鵡飛來，啄食嫩的丁香子；人們採過子以後，鸚鵡便啄食留下的皮。

念樓曰

丁香是一種香料，中國又用來入藥，《本草綱目》介紹它有公母之分，李時珍曰「雄為丁香，雌為雞舌」；李珣云「小者為丁香，大者為母丁香」；陳藏器云「最大者為雞舌，擊破有順理而解為兩向如雞舌，故名，乃是母丁香也」。

查了《辭海》才知道，丁香樹的「漿果長倒卵形至長橢圓形，稱『母丁香』……乾燥花蕾入藥，稱『公丁香』」，只有採收遲早之分，並無公母之別。長倒卵形分為兩向，倒真有點像雞舌，它又是香料，女人可含在口中。所以好色多情的李後主，才會寫出「向人微露丁香顆」這樣的句子來。香分公母，被賦予性別意識，是不是與此多少有關？

「從洋舶來者珍」，因為丁香的原產地乃是南洋，那裏出產的本來才是正宗的。

奪香花

[瑞香]

乳源多白瑞香，冬月盛開如雪，名雪花。
刈以為薪，雜山蘭、芎藭之屬燒之，比
屋皆香。其種以攣枝為上，有紫色者香
尤烈，雜眾花中，眾花往往無香，皆為所
奪，一名奪香花。乾者可以稀痘。

‖ 屈大均 ‖

◎ 本文錄自《新語》卷二十五。
◎ 乳源，縣名，今屬廣東省韶關市。

⬤ 念樓讀

乳源山上長着許多白瑞香，十一二月間盛開如雪，人們叫它「雪花」。砍了它的枝條做柴火，夾着野生的蘭草和川芎，燒起來四鄰都聞得到濃烈的香氣。

瑞香以枝幹駢生的為最好。有一種開紫花的尤其香，和別的香花放在一起，別的花香都聞不到了，所以又叫它「奪香花」。

將瑞香花曬乾入藥，可以治痘症，使患者減輕症狀。

⬤ 念樓曰

第一代搞新文學的人，寫過些介紹「草木蟲魚」的短文，周作人的《菱角》和《蒼蠅》最為著名，他引述過湯姆遜《秋天》文中關於落葉的一節：

最足以代表秋天的無過於落葉的悉索聲了。它們生時是慈祥的，因為植物所有的財產都是它們之賜，在死時它們亦是美麗的，在死之前，它們把一切還給植物，一切它們所僅存的而亦值得存的東西。它們正如空屋，住人已經跑走了，臨走時把好些家具毀了燒了，幾乎沒有留下甚麼東西，除了那灶裏的灰。但是自然總是那麼豪爽的肯用美的，垂死的葉故有那樣一個如字的所謂死灰之美。

末了說，此一節「寥寥五句，能夠將科學與詩調和地寫出，可以說是一篇落葉贊，卻又不是四庫的哪一部文選所能找得出的」。

《四庫全書》裏的確找不出湯姆遜這樣的文章，只有《廣東新語》這些篇也許可以算作無鳥之鄉的蝙蝠。

草木之名

[步驚]

步驚，木本，以嫩葉和米數粒微炒，煎湯
飲之，可癒嘔瀉寒疾。花有幽香，步行遇
之，往往驚為蕙蘭，故曰步驚。永安人每
以嫩葉乾之，持入京師作人事。

‖ 屈大均 ‖

◎ 本文錄自《新語》卷二十五。
◎ 永安，今廣東紫金縣。

念樓讀

「步驚」是一種木本植物。將它的嫩葉加幾粒米稍微炒一下，煎湯喝了，可以治療嘔瀉寒症。

它的花的香味很像蘭花。人們在山野間行走，忽然聞到蘭的幽香，在附近又找不到蘭草，總免不了驚異，所以將這種樹木叫做「步驚」。「步驚」也因此有了名氣。

廣東永安人進北京，常常帶一點曬乾了的「步驚」嫩葉，作為本地土產送人。

念樓曰

草木之名有一些十分有意思，比如說「步驚」，還有上一節中的「奪香花」，從中不僅可以看出人的心智和情思，更重要的是，還可以看出人和自然的關係。

同一種植物，在不同的地方和不同的人羣中，常常有不同的名稱。湖南人愛吃的苦瓜，在廣東叫涼瓜，北京老百姓喊作癩葡萄，士大夫則稱為錦荔枝。研究這些不同的名稱，也很有自然史和社會學的價值。

很希望有人能編一部《植物俗名大詞典》，若能對木部和草部的許多古字進行研究，將它們如今在各地的俗名一一考證出來，加上繪圖說明，那就更好了。現在還沒見有這樣的大詞典，那麼就先找些像《廣東新語》這樣的書來看看也好。

但這往往被人「驚為蕙蘭」的「步驚」到底是一種甚麼植物，它的正式名稱和學名該是甚麼，又有誰能夠明白無誤地告訴我們呢？

廣陽雜記十一篇〔劉獻廷〕

洪太夫人

學其短

［洪承疇母］

洪經略入都後，其太夫人猶在也，自閩迎入京。太夫人見經略，大怒，罵，以杖擊之，數其不死之罪，曰：「汝迎我來，將使我為旗下老婢耶？我打汝死，為天下除害！」經略疾走得免。太夫人即買舟南歸。

‖ 劉獻廷 ‖

◎ 本文錄自劉獻廷《廣陽雜記》（下簡稱《雜記》）卷一，原無題（下同）。
◎ 劉獻廷，字繼莊，別號廣陽子，清大興（今北京）人。
◎ 洪經略，即洪承疇，降清後以兵部尚書經略西南。

念樓讀

洪承疇降清後，被編入漢軍八旗，進京師當了兵部尚書，統兵經略西南。他本是福建南安人，這時見天下大定，便派人回老家接母親來京城享福。

洪太夫人一來，見到兒子，怒氣沖沖地舉起枴杖就打，痛斥他貪生怕死，無恥不義，罵道：「你接我來，想叫我跟旗人去做老媽子嗎？我打死你，為世人除害！」洪承疇抱頭鼠竄，才沒有被痛打。

罵過以後，太夫人命令家人備好船隻，立刻南回。

念樓曰

滿洲如果和中國不再分離，則多爾袞和洪承疇都是統一的功臣。作為部隊長官，戰敗投降猶可謂迫不得已，《日內瓦公約》也會予以保護。可洪承疇卻不是投降而是「起義」，不僅不要繳械，還要繼續持械「經略」大西南，殺原來的袍澤。太夫人罵他無恥不義，並不冤枉。

洪太夫人痛罵過無恥不義的兒子以後，仍然坐船回南方去當老太太，這也是合情合理的。她雖是朝廷命婦，卻並未擔負政治軍事的責任，用不着為了改朝換代而絕粒或懸樑。至於本來就在壓迫剝削下的平頭百姓，則更無須如此。關內幾萬萬居民若都在甲申殉國，漢人從此絕種，中國豈不真正滅亡，永遠滅亡了麼？

謝客啟事

學其短

［參馬士英］

黃仲霖參馬士英，召對歸署，以白紙大書
於門曰：「得罪權奸，命在旦夕，諸客賜
顧，門官一概稟辭。」

‖ 劉獻廷 ‖

◎ 本文錄自《雜記》卷一。
◎ 黃仲霖，未詳。
◎ 馬士英，字瑤草，明末貴陽人。

念樓讀

崇禎帝殉國後，福王在南京即位，馬士英為首相。黃仲霖向朝廷奏參馬士英，召對之後，知道馬士英參不倒，自己闖下了彌天大禍，回到家裏，便寫了張啟事黏在門首：

「我得罪了權臣奸佞，離死已經不遠，為免連累他人，特令本宅傳達，對於來訪各位，一概請辭不見。」

念樓曰

金兵入汴京，靖康亡國後，南宋又支持了一百五十多年；闖軍入北京，崇禎亡國後，南明的弘光小朝廷卻僅僅支持了兩年。

談起弘光小朝廷的事，真是既可氣，又可笑。這皇帝不像個皇帝，即位後要辦的第一件事便是大選「淑女」；首相也不像個首相，口說要「力圖恢復」，幹的卻是「日事報復」，打擊妨礙自己結黨營私的人；只有一個史可法，卻不讓他參與朝政，將其派到外地去督師；而所「督」的將官也不像將官，清兵已快臨城下，還在內戰不止，然後分別降清。黃仲霖在弘光面前參馬士英，其志可嘉，其愚卻不可及，雖說盡愚忠也是臣子的本分，也得看看這個君值不值得你盡愚忠哪。

但黃仲霖的書生意氣，畢竟還有其可愛之處，「以白紙大書於門」的幾句話，也寫得挺牛的，看了很能使人解氣，這恐怕是甲申乙酉間南京城中唯一的亮點。

抬轎子

學其短

［輿夫］

衡山輿夫矯健冠天下，走及奔馬。上峻阪，走獨木危橋，輿在肩側，其足逡巡，二分在外，輿平如衡，無少欹仄。吁！亦異矣。

‖ 劉獻廷 ‖

◎ 本文錄自《雜記》卷二。

念樓讀

南嶽山上的轎夫，抬轎子的身手，可稱天下第一。旅客坐在轎子上，他們抬着行走如飛，速度比得上跑馬。他們又特別善於爬陡坡、過獨木橋。過橋時，腳板只能橫踩在獨木上，轎夫們側着身子，以單肩「挑」着轎槓，腳趾和後跟懸空，全憑腳板心在木頭上蹭着走。由一前一後兩個轎夫「挑」起的轎子，卻仍舊平平穩穩，不側不偏，使坐轎的人舒舒服服，雖然免不了有些緊張，過後談起，還不禁吐出舌頭，連呼嘖嘖。

念樓曰

一九四九年以前，在報紙上看見蔣介石坐轎子上廬山的照片，曾經破口大罵，說這是壓迫人民的象徵。蔣氏走後，名山勝地的轎夫確曾一度絕跡，大概比城市中的人力車夫們歇業得還早些。

可是在改革開放以後，旅遊興起，供旅客爬山代步的轎子，又應運而復生。八十年代我在四川青城、峨嵋都看到過不少頂轎子，轎夫爭着攬客的，討價還價的，甚至空轎子跟在客人後面苦口婆心勸客上轎的，均所在多有，供過於求。

天下的事物，本來有需便有供。轎子只要有人要坐，便會有人來抬。取締既難實行，實亦無必要；從旁替「被壓迫者」打抱不平，更屬多事，只怕還會被轎夫們認為斷了他們的財路，挨一頓臭罵。

小西門

[天下絕佳處]

長沙小西門外，望兩岸居人，雖竹籬茅
屋，皆清雅淡遠，絕無煙火氣。遠近舟楫，
上者，下者，飽張帆者，泊者，理楫者，
大者，小者，無不入畫。天下絕佳處也。

‖ 劉獻廷 ‖

◎ 本文錄自《雜記》卷二。

念樓讀

在長沙小西門外，看湘江兩岸居民的房屋，都是竹籬茅舍，樸素中顯出一種雅致，絲毫沒有城市的擁擠和做作。

湘江中有不少船隻。走上水的，走下水的，掛滿風帆快速駛過的，停泊在岸邊不動的，船上的人正在整理檣櫓的，大大小小的船，都很入眼。將它們畫下來，肯定十分好看。

我走遍了大江南北，風景絕妙之處，恐怕要算這裏。

念樓日

我少年時代的一頭一尾，都是在長沙度過的，小西門自然是十分熟悉的地方。但在我的記憶中，那裏早成了熱鬧嘈雜的碼頭。上下船的貨擔和人流，使小孩子在塵土飛揚中只能側着身子走。

在河中間的水陸洲上和河對岸的嶽麓山下，那時候還有一些竹籬茅舍（父親曾在那裏買過一處房屋，雖非茅舍，卻帶竹籬，還有幾十株橘樹，一九五四年被師大徵收去修成體育場的一角了），但河這邊早變成了一間挨着一間的鋪面和住宅，河街上則是低矮污穢的棚戶。劉獻廷筆下的風景，早就大大變樣了。

近來聽說長沙市正在規劃建設「小西門歷史風貌保護區」，這當然是件好事情，但不知「保護」的是甚麼樣的「歷史風貌」。照我想，康熙年間的風貌是沒有可能恢復的了，也沒有必要恢復；只要能在新修的「風光帶」上留下小西門這地名和劉獻廷這五十七個字的文章就好。

春來早

［長沙物候］

長沙府二月初間，已桃李盛開，綠楊如
線。較吳下氣候，約差三四十日；較燕都
約差五六十日。五嶺而南，又不知何如矣。

‖ 劉獻廷 ‖

◎ 本文錄自《雜記》卷二。

念樓讀

　　長沙地區的春天來得早。二月初，在府境之內，桃花、李花都已盛開，柳樹的枝條也又綠又長了。

　　這裏的物候，比下江地方的蘇州、常州一帶，要早三四十天；比北京附近，則要早五六十天。如果再往南，過了五嶺，只怕還要早。

念樓曰

　　中國幾千年以農立國，四時節氣全憑物候安排農事，而幅員廣大，各地氣候的差異自然也大。讀書人如果不行萬里路，則不會注意到這種差異，更不會寫出來。

　　我一直喜歡看筆記，尤喜看其中關於歲時風俗的記載，這些都是自然史、社會史和人民生活史的材料，可惜的是它們太少了。通常筆記中間可以看看的，還包括：（一）歷史掌故；（二）人物故事；（三）學術考證；（四）詩話文評。這些材料開卷亦能得益，卻並不是我的最愛。至於因果報應、忠孝節烈、神佛鬼怪、風花雪月那一類東西，除非有民俗研究的價值，我就很少看了，也實在看不得那麼多。

　　《廣陽雜記》便是我常讀的一種筆記。其記事多可取，文字亦簡潔，看得出作者的真性情。

　　清朝時候的長沙府，比現在的長沙市大得多，湘陰、湘鄉都是其屬縣。所以左宗棠和曾國藩都算長沙人，墳墓和祠廟都修建在長沙。

看衡山

學其短

［南嶽］

南嶽規模宏闊，過於岱宗，無論嵩華。初
陟山麓，即覺氣象迥別。羣峯羅列，層層
浮出，各極奇秀，而雄渾博大，絕無巉巖
刻削之狀。正如雷尊象鼎，雖丹碧爛然，
而太樸渾淪之氣，非鬼工匠手所能擬議。
又如杜少陵諸絕作，必非清新俊逸超脫幽
奇等目所可形容者也。

‖ 劉獻廷 ‖

◎ 本文錄自《雜記》卷二。

◉念樓讀

都說泰山為五嶽之首，可是南嶽衡山的規模氣勢，實在超過了泰山，更不必說嵩山和華山了。

我來衡山，一走近山腳，便覺得它不同凡響。它不像別的山靠一座主峯顯示，而是羣峯插天，峯峯各面，依遠近高低，自然分出了層次。這裏的每座山峯，各有不同的面貌，都可稱秀麗奇崛；但它們秀而不媚，奇而不怪，沒有犬牙裂齒、矯揉造作的小擺設相。正好比古時青銅器，也有填朱鎏金的，卻絕不見斧鑿痕，純以古樸蒼老的厚重感取勝。又好比杜甫的傑作，大氣磅礴，用他恭維李白的詩句「清新庾開府，俊逸鮑參軍」來形容，那是遠遠不夠的。

這便是我心目中的衡山。

◉念樓曰

既為名山，就必不是一般的山，就必有它不同於其他山（包括名山）的景色。用擬人化的話說，也可稱為山的個性。本文寫出了衡山的個性，便能給人留下不一般的印象。

山尚以有個性為貴，而況人乎。奇怪的是偏偏有過叫「人人都做螺絲釘」的時候。螺絲釘是「標準件」，按標準成批製造，顆顆一樣，絕不允許有任何差異，也就是個性。想想看，這有多可怕，如果人人都成了「標準件」。就是世上的山水，若是都成了「標準件」，處處一樣，還有人願意出門旅遊麼？

瑰 麗 的 雪

學其短

[雪景之奇]

余宿衡山雲開堂時，夜半夢醒，聞雨聲如
注，風撼屋宇皆動。曉起，主僧來言，夜
來峯頂大雪。亟出屋後仰望，自香爐峯以
上，皆為雪覆，如銀堆玉砌。香爐而下，
依然翠靄千重。時風雨猶未止，想上封正
在撒鹽飛絮也。雪景之奇，於斯極矣。

‖ 劉獻廷 ‖

◎ 本文錄自《雜記》卷二。
◎ 上封，寺名，在衡山祝融峯頂。
◎ 撒鹽飛絮，此處用《世說新語》典故，見頁二四注。

念樓讀

在南嶽，我有一晚住宿在山麓一處叫「雲開堂」的僧房裏。半夜被大風雨驚醒，雨瀉在屋瓦上如注如傾，風則把整棟房屋都吹得搖動起來。

第二天一早，知客僧來說，昨晚山上下了大雪。於是我穿衣出門，走到屋後，抬頭望去，只見香爐峯以上一片白，高山密林全被晶瑩潔白的雪覆蓋起來了。可香爐峯以下，卻仍然還是綠色。眼中的全景，竟像翡翠盤中裝滿水晶白玉，有種說不出的美麗和莊嚴。

此時風雨已小，但仍沒停。遙想祝融峯頂上封寺裏的人，恐怕還在看雪花飛舞吧。

平生所見過的雪，這一回可說是最瑰麗的了。

念樓曰

老實說，我是一個美感遲鈍的人，從小就被譏為「缺乏藝術細胞」，不會欣賞良辰美景，自己也完全承認。但不知為甚麼，我卻特別喜歡下雪，尤其是下大雪，把一切都覆蓋、使所有東西都改變了常態的大雪。

家人和朋友們都知道，我從來懶得出門，不願走動，只有大雪天是例外。這時天亮得也特別早，我總是一早就收拾出門，到外面去走走。一邊走，一邊聽着自己靴子踏在雪上，發出細碎的、帶着點清脆的聲音，好像在低語。平常看去永不會變的一切，至少暫時是改變了，這樣真好啊！

雞公坡

學其短

[門聯]

彭岳放住善化縣右雞公陂，門徑幽寂，有
山林之致。書其門曰：「白髮消窮達，青
山傲古今。」讀此聯，可想見其人矣。

‖ 劉獻廷 ‖

◎ 本文錄自《雜記》卷二。
◎ 陂，在這裏同「坡」。

念樓讀

彭岳放的家在善化縣衙右首,地名雞公坡,門前並無多人經過,顯得很寂靜。宅門之內,廣植樹木,雖在街巷之中,卻有山林之致,可謂難得。

門上的楹聯是彭君自製的,寫的是:

白髮添新,縷縷記一生辛苦;

青山依舊,匆匆看百代興亡。

從聯語中,便可以想見其為人了。

念樓曰

彭岳放其人待考。從本文看,他應是劉獻廷在本地結識的友人。另一則云:

袁文盛言湖南之妙,宜卜築於此,為讀書講學地,柴米食物廬舍田園之值,較江浙幾四分之一。……而質人甚非之,以湖南無半人堪對語者,以柴米之賤,而老此身於荒陋之地,非夫也。

既然有人認為「湖南無半人堪對語者」,那麼這位「白髮消窮達,青山傲古今」的彭岳放,豈不難得又難得,更值得珍重嗎?

在明清兩朝,善化縣和長沙縣同為府城「附郭」之縣,縣衙同城,一南一北。如今長沙黃興南路大古道巷,全長不到四百米,在一九四九年以前卻分為三段,有三個名字,即大古道巷、雞公坡、縣正街。在雞公坡和縣正街的分界處,還有個地名叫縣門口。劉獻廷去過的彭岳放家,應該就在它的右邊。

孤獨的夜

學其短

［舟泊昭陵］

癸酉四月，望後二日，舟泊昭陵。夜臥至
夜半即覺，碧天如洗，皎月自篷隙照入舟
中，如白晝也，對之淒然。予嘗有詩曰：
「孤舟寂寂更無鄰，惟有長安月照人。」亦
十七夜舟中也，而苦樂之致，不啻天淵矣。

‖ 劉獻廷 ‖

◎ 本文錄自《雜記》卷三。
◎ 昭陵，今屬株洲縣，為江行必經處。

念樓讀

　　康熙三十二年四月十七，從長沙水路往衡山，船夜泊在昭陵。半夜醒來，見月光從船篷空隙處射入艙中，明亮如同白晝，便再也睡不着了。伸頭出外，只見長空萬里，沒有絲毫的雲翳，就像水洗過一樣的乾淨，襯托得月亮更大更明。

　　我呆呆地望着月亮，心裏覺得極度的寂寥，不禁想起了從前所作的一首詩：

　　孤獨的夜晚，孤獨的船。

　　只能呆想着遠方的月亮，

　　是否也照着有人在無眠。

也是在十七日晚上寫的，也是在舟中望月。不過現在離家更遠，也更加淒苦了。

念樓曰

　　久居城市，看星星、看月亮已經成為遙遠的往事。幾年前不知是聽說「五星聯珠」還是「獅子座流星雨」，半夜裏也曾被孫兒輩的中學生拉到陽台上去看過。但城市「亮化」以後的萬家燈火搶盡了星月的光，加上我老眼昏花，在模糊的天穹上終於找不着想看的天象。

　　像曹操和李白所讚歎過的「星漢燦爛」和「明月光」，像第谷和伽利略久觀不倦的旋轉的天球和明亮的星座，晚間只能在電視熒屏前消磨時間的我，在剩給我的不多的歲月中，恐怕再也見不着了。

採茶歌

學其短

[十五國章法]

舊春上元在衡山縣,曾臥聽採茶歌,賞其音調,而於辭句懵如也。今又來衡山,於其土音雖不盡解,然十可三四領其意義,因之歎古今相去不甚遠,村婦稚子口中之歌,而有十五國之章法。顧左右無與言者,浩歎而止。

‖ 劉獻廷 ‖

◎ 本文錄自《雜記》卷四。
◎「今又來衡山」,句中「來」字原本作「囗」,今以意補。
◎ 十五國,《詩經·國風》有十五國風。

● 念樓讀

　　去年在衡山縣過元宵節，睡在牀上聽採茶歌，頗為喜歡它的音調，詞句卻一點也聽不懂。

　　今年又來到衡山，又聽了採茶歌。土話雖然還不能全懂，意思卻總算能明白三四分。這才覺得，鄉下婦女、小孩子口裏唱的歌，它們的意思、詞句和表現方法，其實跟《詩經》裏保存的古代民歌，相差並不很遠。衡山老百姓的創作，差不多比得上「十五國風」了。

　　這也可以說是我對文學起源的一點見解，可歎的是在這裏找不到人可以談這些。

● 念樓曰

　　在南方鄉村裏，直至「中國農村的社會主義高潮」興起之前，家家戶戶吃茶都是靠自己，因而年年到時候都要採茶，都有人唱採茶歌。其實歌也不單在採茶時唱，大抵只要男女能有在家庭外接近的機會，勞作又不是太苦太累，還有點剩餘精力供宣泄，便可以對唱甚至對舞一番，元宵節自然也是個適宜的時候。上世紀五六十年代農村變化奇大，「紅旗歌謠」一來，真正的民歌於焉絕跡。雖然仍有「採茶燈」「採茶戲」的名目，卻已成為像花鼓戲一樣由文化館管的劇團，在演《瀏陽河》之類的節目了。現在當然又有了新的變化，但卡拉 OK、三點式都下了鄉，採茶歌恐怕已經沒有人會唱和要聽了。

「雙飛燕」

學其短

[漢陽渡船]

漢陽渡船最小，俗名雙飛燕。一人而盪兩
槳，左右相交，力均勢等，最捷而穩。且
其值甚寡，一人不過小錢二文，值銀不及
一厘。即獨買一舟，亦不過數文。故諺云：
「行遍天下路，惟有武昌好過渡。」信哉！

‖ 劉獻廷 ‖

◎ 本文錄自《雜記》卷四。
◎ 文，指一枚錢，當時通用的錢中間有方孔，四邊有文字，故
　一枚錢稱一文。

念樓讀

漢陽和漢口之間，隔着條襄河（漢水）；往來過渡，全靠一種叫「雙飛燕」的小船。這種船由一個人駕駛，盪兩支槳。兩支槳一左一右，好像燕子的兩隻翅膀，「雙飛燕」的名稱便由此而來。

「雙飛燕」的駕者站在船尾，兩手同時盪槳，力量均勻，船走得快，而且十分平穩。它收費也很低，一位客人只收兩文錢，還不到一厘銀子。如此便宜，所以有俗話道：

走遍天下路，只有武昌好過渡。

真是一點不假。

念樓曰

此文作於康熙三十年頃，過了一百五十年，道光二十年前後葉調元作《漢口竹枝詞》，其十二云：

五文便許大江過，兩個青錢即渡河。

去槳來帆紛似蟻，此間第一渡船多。

渡（襄）河仍然只收兩文錢。若從漢陽、漢口到武昌，則要過大（長）江，水面寬得多，便得收五文，照想劉獻廷時也是如此，不會大江小河一個價。而一百五十年間，收費一直沒有變，即可見直到十九世紀中葉，中國的社會經濟還是「超穩定」的。

長沙五十多年前過江的划子，也就是「雙飛燕」，有風時偶有扯帆借力的，但不常見。

巢林筆談十篇 〔龔煒〕

悲哀的調子

學其短

［笛音］

予於聲歌無所諳，獨喜笛音寥亮。每當抑鬱無聊，趣起一弄，往往多悲感之聲，淚與俱垂，審音者知其為恨人矣。今夜風和月瑩，闌干靜倚，意亦甚適。為吹古詩一二首，皆和平之詞，而其聲仍不免於嗚咽，何也？

| 龔煒 |

◎ 本文錄自龔煒《巢林筆談》（下簡稱《筆談》）卷四，原無題（下同）。
◎ 龔煒，字巢林，清崑山人。

念樓讀

我對於音樂沒有多少了解，只喜歡笛聲的高亢清越，每當心情抑鬱，覺得無聊，便取出笛子來吹。也不管吹的是甚麼，入耳好像都是悲哀的調子。吹着吹着，有時淚水便不知不覺地流下來了。

今夜月白風清，靜靜地倚靠着欄杆，心境倒是少有的好。拿過笛子來，特地選了兩支譜古詩的曲子。詩境本是平和的，可是不知怎的，吹出來的聲音好像仍然帶着一絲嗚咽……

念樓曰

在古代中國的「個人寫作」中，抒情全用詩歌，即所謂「詩言志，歌永（詠）言」。用散文形式作內心獨白的，則極為少見。龔煒的《巢林筆談》中卻有好些這樣的文字，值得注意。

這篇小文寫笛，可是並沒有寫任何一支具體的笛子和笛曲，也沒有寫任何一次具體的吹笛過程，只寫他自己的笛音「往往多悲感之聲」，連適意時吹的「和平之詞」，「其聲仍不免於嗚咽」。此全是個人內心的一種感覺，他自己也不知怎的了，為甚麼會這樣……

這樣的題材，這樣的寫法，在唐宋八大家的文集中是找不着的。如果作者改用《紅樓夢》《儒林外史》的白話來寫，寫出來便是現代的抒情散文或散文詩了。作者自謂，「四十年來視履所及，暨胸中所欲吐，稍稍見於此矣」。我以為值得注意的，正是他「胸中所欲吐」的文字，比如說這一篇。

中秋有感

● 學其短

［絕無佳景］

今夕是中秋節矣。病侵強歲，閒過清時，功名之士，所為短氣。不佞緣以藏拙，亦自不惡。但簷溜泠泠，月光隱翳，絕無佳景。一生不知幾度此節，似此便可扣除。

‖ 龔煒 ‖

◎ 本文錄自《筆談》卷四。

● 念樓讀

今天晚上，又是中秋了。

未老的身心，被病耗着；大好的年華，被迫閒着。想上進的人，只怕誰都會慪氣；平生無大志的我，卻正可藉此躲懶，並不覺得有甚麼難過。

可是今夜卻偏偏碰上這討厭的雨。

月光被雨雲遮住了，眼前不見半點秋色，耳中也只有單調的簷溜聲。

一生一世，也不知過得了幾個中秋，像今天晚上這樣殺風景的，簡直不能算數。

● 念樓曰

人生苦短，一年中有數的幾個有點情趣、差堪玩味的日子，如果又因為甚麼白白糟踐掉了，例如中秋無月、重陽遇雨，的確是憾事。

但也得對文化生活有理解、有追求的人才會有此感覺，專門等着通知開會的老同志殆未足以語此，當然等到了通知能夠去開會，可能也是他們的幸福。

我也是一個沒甚麼文化品位的人，賞月登高乃至現代化的各種文娛活動，從來都很少參加，也沒甚麼興趣。不過頂不感興趣的還是開會，已經退休，就應該「退」、應該「休」了，還要去開甚麼會呢？

自作孽

［名利兩窮］

凡物不貴重之，則不至。如求名者把心思
智巧都傾入八股中，自然得名；求利者把
精神命脈都鑽入孔方裏，自然得利。樵朽
一生，名利兩窮，只緣看得時文輕，便是
上瀆文星；看得守錢鄙，便是獲罪財神。
太甲曰：「自作孽，不可逭。」

| 龔煒 |

◎ 本文錄自《筆談》卷五。
◎ 樵朽，作者自稱。
◎ 太甲，商代的國君，曾被放逐。

念樓讀

任何事物，你不看重它，不爭取它，絕不會不請自來，得不到它也是十分自然的。

求名的，把全副心思都放在八股文上，自然能考取，能得名；求利的，把身子腦袋都鑽進錢眼裏，自然能發財，能得利。我一生不得名利，就是因為看不起八股文，得罪了文曲星；又看不起守財奴，得罪了財神爺。

還是商朝那個不爭氣的君王太甲說得好，「自己作的孽，怪不得別人」，有甚麼可埋怨的呢？

念樓曰

此篇看似自嘲，實是反諷。

作者內心裏十分看不起應試的時文，認為鑽研制義是「拋卻有用功夫」，學做八股是「聚成一堆故紙」，後來乾脆託病不赴鄉試，以諸生終老，對於累代閥閱的世家來說，乃是不肖子弟，故牢騷頗多。自嘲也好，反諷也好，都是在發牢騷，都是在發泄內心的不滿。

全無愛名求利之心的人，大概是沒有的。但「把心思智巧都傾入八股中」，「把精神命脈都鑽入孔方裏」的人，畢竟也只有那麼多，因為「傾」也要有本錢才能傾，「鑽」也要有本領才能鑽，並不是每個人都能具備。但如果這種人越來越多，像龔煒的就會越來越少，讀書人的總體素質就會越來越差，社會的風氣也會越來越壞。

江上阻風

學其短

[佳景如畫]

兒子從未遠出，初應省試，不能不一往。
阻風沙漫洲，舳艫相接。郡中宋氏叔姪，
移船頭就柳陰，棋於其下。崇友拉予看荷
花，夕陽反照，荷淨花明，蕭疏四五人，
科頭握蕉扇，委影池塘。若繪江上阻風
圖，二景絕佳。

‖ 龔煒 ‖

◎ 本文錄自《筆談》卷五。
◎ 省試，秀才考舉人，分省舉行，三年一次。

念樓讀

孩子從沒出過遠門，頭次去省城參加考試，不能不陪送。船到沙漫洲，為風所阻，只得停下來等風停。

挨着的船，也有去趕考的。府城中宋家叔姪，將船移泊到岸邊柳蔭下，兩人坐在船頭下棋。我們則去看近處的荷花，只見夕陽將花葉映照得分外鮮活，又將我們幾個人不戴帽子、搖着蒲扇的影子投射在水面上。如果畫一幅江上阻風圖，下棋、看花，都堪入畫。

念樓曰

明清兩代，文童通過縣、府、院試，取得「縣學生員」（俗稱「秀才」）身分以後，每逢「子、午、卯、酉」年（三年逢一次），可以到省裏參加鄉試。如能考中，成了「舉人」，第二年入京會試，若又能中「進士」，便登了仕途，有官做了。

省試（鄉試）每次取錄的舉人名額有限，江蘇定額六十九名，後加額十八名，總共也只有八十七名。全省來考的卻在萬人以上，「中舉」的機會小於百分之一，故十分難。龔煒自稱「三黜鄉闈」，就是三次應鄉試都失敗了。但這是明清士人唯一的出路，所以一而再，再而三，總得考，還得送兒子去考。不過他此時已淡泊科名，不再將考試和送考視為人生頭等大事，所以才能以「蕭疏」的心情「科頭握蕉扇，委影池塘」看荷花，也不怕江上阻風會耽誤了考期。

黃連樹下

學其短

[琴聲]

秋來病與貧俱，夜坐小齋，鬱結不解。忽琴聲自內出，不覺躍起，婦能忘境，我乃為境滯耶？因取琵琶酌兩三彈，作黃連樹下唱酬，其聲泠泠，終不能嘽以緩，發以散也。

‖ 龔煒 ‖

◎ 本文錄自《筆談》卷六。

念樓讀

入秋以來，家貧再加上發病，心情總是這樣抑鬱。晚間坐在屋裏，更是感到寂寞，覺得無法消愁。

這時忽然從內室傳出了琴聲，像一陣清風，吹開了久閉的窗戶，精神為之一振。

這是妻在彈琴。

妻還能藉音樂暫時忘卻難堪的處境，難道我就只能永遠被境況壓倒嗎？於是拿過掛在壁上的琵琶，隨手挑撥幾聲，算是給正在「黃連樹下彈琴」的妻伴奏。

但是，琵琶的聲音卻總是這樣迫促淒清，不能夠委婉柔和，終究無法發泄我滿懷的鬱悶。

念樓曰

明人小說中，就有「黃連樹下彈琴，苦中取樂」的話。這話如今還有人使用，想不到龔煒將它寫到了文章裏頭。

藉音樂以抒情，在古代文人生活中，也是常有的事。讀古人的詩，王維「獨坐幽篁裏，彈琴復長嘯」，白居易「忽聞水上琵琶聲，主人忘歸客不發」，李益「不知何處吹蘆管，一夜征人盡望鄉」，都能引人入勝。高啟聽笛，「始知嶰谷枯篁枝，中有人間無限悲。願君袖歸掛高壁，莫更相逢容易吹」，更把黃連樹下藉以消愁愁更愁的心情，婉轉而又淋漓盡致地寫出來了。但用散文自述奏樂情狀尤其是夫妻合奏的，卻極為少見。

悼亡妻

學其短

[壬午除夕]

今夕是除夕耶？內亡且二十日矣。含淚濡毫，粗述其生平大略，三十七年夫婦之情，與一切病亡慘境，不忍一二道也。往年度歲，縱極艱難，內必勉措齊整。今夕但聞幕內哭聲，孫男女麻衣繞膝，淚霑霑不止，何心更問度歲事。哀哉！壬午除夜淚筆。

‖ 龔煒 ‖

◎ 本文錄自《筆談》卷六。
◎ 壬午，此處指乾隆二十七年（一七六二）。
◎ 內，指龔煒妻王氏。

念樓讀

今晚就是大年三十夜了麼？那麼，妻死去已經快二十天了。

提筆想寫一點妻的事情，手在寫，眼淚也在流，勉強寫出了一個她的生平大略。但三十七年來的貧病相依、溫存慰藉和病中的愁苦、死別的慘淒，卻是寫不盡也寫不出的。

往歲過年，不管怎樣艱難，妻總會想方設法，安排周到。今年則只有孝帳裏的哭聲，還有披麻戴孝的孫兒孫女兩雙淚眼，哪裏還有心情過年。

念樓曰

此文作於壬午即乾隆二十七年，時龔煒五十九歲，已入老境，失去了同甘共苦、貧病相依的伴，又是個能「作黃連樹下唱酬」的知心知性的人，其悲痛可想而知。所謂「粗述其生平大略」，應是替妻寫墓誌。這篇小文則特意提到了墓誌中「不忍一二道也」的「三十七年夫婦之情」，一反常規，直抒胸臆，故比尋常文字動人得多。

後來長洲（今蘇州）人彭績作《亡妻龔氏壙銘》，文情與此可以相比，可惜文字稍多，只能節錄其後半於下：

……嫁十年，年三十，以疾卒，在乾隆四十一年二月之十二日。諸姑哭之，感動鄰人。於是彭績始知柴米價，持門戶，不能專精讀書，期年，髮數莖白矣。銘曰：作於宮，息土中，吁嗟乎龔。

微山湖上

[大塊文章]

從夏鎮抵南陽，時當落照，雲霞曳天，澄
波倒影，俯仰上下，無彩不呈。俄而濃雲
四佈，寶淨色忽焉慘淡。已又推出新月，
清光一鈎，疏星萬點。大塊文章，真是變
化不盡也。

‖ 龔煒 ‖

◎ 本文錄自《筆談》續編卷上。
◎ 夏鎮，時屬江蘇沛縣，即今山東微山縣城。
◎ 南陽，鎮名，位於微山湖中，原屬山東魚台縣。

念樓讀

從夏鎮到南陽鎮，船都在微山湖上走。

太陽西下時，落照將千姿百態的雲霞染成異彩，赤金色的天光投射在廣闊的水面上，再反射出來，閃爍不定，使得倒映出來的各種形象和顏色更加好看。

太陽一落，藍天立刻開始黯淡，彩霞也很快變成了濃雲。霎時間蒼穹上便出現了一鉤新月，點點明星。

變化中的天地，真是一篇大文章、一幅大圖畫，充滿了無窮無盡的創造力。

念樓曰

小學六年級時，國文先生給選讀過一篇鄭振鐸寫紅海日落的散文，題材與此篇相似，篇幅則不止長十倍，雖然在現代散文中仍算短篇。

「五四」時提倡白話文，提倡口語化，應該說是不錯的。但過於否定文言文，則不無過正，因為文言文簡練的優點，是多少代文人嘔心瀝血創造得來的，不該隨便丟掉。如果作文都記口語，像我在六年級課堂裏聽先生講的話，如今的小學生即難完全聽懂，何況還有方言的差別。元朝的白話諭旨、明太祖的手詔，也比八大家文更難讀。

尤其在抒情寫景方面，無論是作詩還是作散文，語體文（白話文）真能賽過文言文的，還真不多。

惜華年

［清明閒步］

數時報節，已屆清明。閒步郊原，枝間柳桃，花鋪菜麥。春林漸盛，黃鶯紫燕，何樹不啼；春水方生，黛甲素鱗，何波不躍。一切卉木禽魚之勝，多是文章朋友之資。獨惜少年一去不回，為歡常如不及。

‖ 龔煒 ‖

◎ 本文錄自《筆談》續編卷上。

念樓讀

挨着節氣數下來，又是清明時分了。

反正多的是閒時，今日出門到野外去散步，枝頭已可見新生的柳葉、初綻的桃花。濃綠的麥田和深黃的油菜花，更將大地鋪上了錦繡，真是一派大好春光哪。

林中的百鳥都在唱歌，水裏的魚鱉也開始追逐遊戲了，所有植物和動物都現出了勃勃的生氣。接觸到這一切，真的既能添遊興，也有益文思。

只可惜人的青春卻一去不回，能夠享受歡樂的時間啊，真是太少太少了。

念樓曰

上一篇談到了寫景抒情，抒情雖不必寫景，寫景則必得抒情。人們常說此情此景，「此景」若不入人目，不動人心，又怎能被寫成文字，抒發作者的襟懷，引起別人的感興，生出「此情」來。

上篇又將今人和古人寫景抒情的文章比較，說今人的文章是寫給大眾看的，總不免做作，古人的文章則是寫給自己看的，不會有太多做作，龔煒便是一個好例。

龔煒寫淒清時是寫愁，寫「春林漸盛」「春水方生」時，想起青春易逝也還是寫愁，看來多愁善感的確是他與生俱來的氣質。

但這和「少年不識愁滋味」偏要「強說愁」有所不同，龔煒倒是「識盡愁滋味」而不能「欲說還休」的。

暑中懸想

學其短

［綠天深處］

夏月赤日行天，炎氣逼人，衰年怯暑，大
是苦境。舊聞處州括蒼山有綠天深處，緣
竹徑入，百二十里綠陰，五里一亭，十里
一室。明劉一介處此六十年，懸想便覺清
氣可挹。

‖ 龔煒 ‖

◎ 本文錄自《筆談》續編卷上。
◎ 處州，今浙江麗水。
◎ 劉一介，未詳。

念樓讀

　　盛夏時節，大太陽當頭曬，無處不熱氣逼人，老年人又特別怕熱，真是受不了。

　　聽說浙南括蒼山中有一處整個被綠蔭籠罩的地方，一百二十里路兩邊全是茂密的竹林，兩邊多有茶亭、房舍，盡可流連休息。明朝劉一介先生在此一住六十年，從來不想離開。

　　熱得不得了的時候，心想着這個清涼世界。想得入神時，身上彷彿也分得了一絲涼氣。

念樓曰

　　過去沒有空調，生活在幾大「火爐」旁的人，都領教過夏夜熱得無法入睡的滋味。那時也記得「心靜自然涼」的老話，心卻無論如何也靜不下來，更無法像龔煒這樣，懸想遙遠的「綠天深處」，「便覺清氣可挹」。

　　這是一個個人修養的問題，也是一個讀書多少的問題。記得有佛教居士寫過這樣兩句詩：「身居火宅中，心在清涼境。」印度習瑜伽的人，據說也有暑不覺熱、凍不怕冷的本事。這些類似「練功」的說法，老實說我是不太相信的。但不能不承認，讀書多、見識廣、思想通脫的人，確實較能抵禦外力的侵擾，較能保持內心的平靜。無論是對自然界的酷熱嚴寒，或者對人世間的狂暴橫逆，大抵都是如此。

畫中遊

學其短

[置身畫圖中]

常思遍遊名山水，而阻於無事之忙，限於
不足之力。今老矣，虛願難酬矣。披覽名
人圖畫，恍若置身其中，亦可少補遊屐所
未至。

‖ 龔煒 ‖

◎ 本文錄自《筆談》續編卷下。

念樓讀

　　平生心願是遊遍名山大川，可是體力財力都不足，又總是窮忙，雖有此心，卻難實現。

　　如今老病纏身，此事更成了空想。只好多看看名家畫的山水，想像自己身在其中，算是一種彌補。

念樓曰

　　古時候，出遊尤其是出遠門去遊名山大川，不是那麼容易的。行路住店，都只為兩種人準備，一種是商人，一種是做官的人和準備做官的讀書趕考的人。旅遊不僅不方便，而且不安全，因為不能只走官商大路，只能像徐霞客那樣犯難冒險，真的需要財力和體力。故龔煒老來作此語，是瀟灑，亦是可憐。

　　如今旅遊成了溫飽之後人人得以享受的一種文娛活動，一種休閒方式。龔煒心目中的名山水，只要想去遊，完全可以不必畫餅充飢了。但今人之中，也有像我這樣不會享福的。老朋友、老同事都在到處跑、滿天飛，我卻是很少出遊的一個。說忙吧，離休以後應該不忙了。說窮吧，公費旅遊也享受得到。究其原因，主要是現在的名山水已非清淨場，旅遊更成了上餐廳、看表演，閒散之樂已經很少。其次則同遊者全是「老幹」，原來的政治水平高，現在跳舞打牌的水平也高，而我於此二者都不沾邊，混跡其中便成了異類，渾身不自在，只好恕不奉陪。

子不語八篇 〔袁枚〕

蟲吃人

學其短

［炮打蝗蟲］

崇禎甲申，河南飛蝗食民間小兒。每一
陣來，如猛雨毒箭，環抱人而蠶食之，頃
刻皮肉俱盡。方知《北史》載靈太后時，
蠶蛾食人無算，真有其事也。開封府城門
被蝗塞斷，人不能出入。祥符令不得已，
發火炮擊之，衝開一洞，行人得通。未飯
頃，又填塞矣。

│袁枚│

◎ 本文錄自袁枚《子不語》卷十二。
◎ 袁枚，字子才，號隨園老人，清錢塘（今杭州）人。
◎ 崇禎甲申，即崇禎十七年（一六四四），明亡國之年。
◎ 靈太后，姓胡名充華，北魏孝明帝之母，五一五年至五二八
年掌權。
◎ 祥符，舊縣名，當時河南省治和開封府治所在地。

念樓讀

明朝亡國的那一年，河南發生嚴重蝗災。飛蝗每來一批，如同急雨利箭，吃光草木，便羣集在人身上啃皮肉。嬰兒若無保護，很快皮肉就會被啃光，整個被蝗蟲吃掉。

開封的城門也被蝗蟲塞滿，交通為之斷絕。祥符知縣調來大炮，對準城門開炮，一炮轟開一條通道；不到一頓飯時間，城門又被飛蝗填滿了。

過去讀《北史》，見上面說北魏靈太后時鬧蟲災，有許多人被蛾子吃掉了，現在才相信那是真的。

念樓曰

《論語》云，「子不語怪力亂神」。就是說，孔夫子是不談論怪異、暴力、悖亂、鬼神這類事物的。袁枚卻將他這部筆記小說取名為「子不語」，專記這類事物。他在序文中表明了自己的觀點：不能只吃大魚大肉、海參魚翅，也要嚐嚐通常不會吃的螞蟻蛋醬和醃的野菜；欣賞廟堂上演奏的正樂之後，無妨再聽聽少數民族的山歌。我以為他很有道理。

「怪力亂神」的記述，有些也有自然史和文化史的價值。蝗蟲吃人和炮打蝗蟲，對於研究昆蟲和蟲害的人，便是很有用的材料。何況還可以當作三百七十多年前的新聞，可廣見聞，可資談助，豈不比討論文懷沙到底有沒有一百歲更為有趣和有益麼？

死不鬆手

[殭屍執元寶]

雍正九年冬，西北地震。山西介休縣某
村，地陷里許。有未成坑者，居民掘視
之，一家仇姓者，全家俱在，屍僵不腐，
一切什物器皿，完好如初。主人方持天平
兌銀，右手猶執一元寶，把握甚牢。

‖袁枚‖

◎ 本文錄自《子不語》卷十二。

念樓讀

雍正九年冬天，山西發生地震。介休縣有個村子出現了地陷，塌陷處長寬有一里左右。其中有些房屋破壞嚴重，屋基成了深坑；有的整體陷沒，被土埋了，房屋結構卻大體完好。

事後有人掘出一戶姓仇人家的宅子，仇姓全家人俱在，只是都成了僵硬的屍體，卻不曾腐爛。家具雜物、鍋盆碗盞等一切東西，也都完好無損。仇家的主人正在用天平稱銀子，他的右手緊緊握着一個元寶，掰都掰不出來。

念樓曰

意大利的龐貝（Pompeii）古城，公元七十九年被維蘇威火山爆發噴出的火山灰埋沒，一千六百多年後開始出土，經過陸續發掘，也發現了不少受難者遺體，在六至七米深的火山灰堆積層中保存完好。其中也有正好在數錢時遇難的，手中仍緊抓着金幣。山西人抓元寶，羅馬人抓金幣，都死到臨頭不鬆手。可見人同此心，心同此理，全世界都有人把錢看得比命重。

康有為光緒三十年五月四日遊龐貝，見「死屍人十四，……皆作灰色，有反覆臥者，有作業者。其移至各國博物院者蓋太多，存於此者不過此數。其衣服冠履，皆已黑霉……」。大概這也和馬王堆那具女屍一樣，才出土時顏色如生，接觸空氣、日光後便迅速變質，自然不能像介休縣仇姓主人那樣雖死猶生了。

千佛洞

學其短

［肅州萬佛崖］

康熙五十年，肅州合黎山頂，忽有人呼曰：「開不開？開不開？」如是數日，無人敢答。一日，有牧童過，聞之，戲應聲曰：「開！」頃刻眘然，風雷怒號，山石大開，中現一崖，有天生菩薩像數千，鬚眉宛然，至今人呼為萬佛崖。章淮樹觀察過其地，親見之。

‖ 袁枚 ‖

◎ 本文錄自《子不語》卷十六。
◎ 肅州，今甘肅酒泉。
◎ 合黎山，在甘肅省西部和內蒙古自治區西部邊境。

● 念樓讀

　　甘肅肅州合黎山的頂上，有一處萬佛崖，那裏的幾千個菩薩像，容貌儼然，如同生成的一般。有位章道台路過那裏，親眼見到過。

　　據說康熙五十年間，寂靜的合黎山頂上，忽然聽見有人大聲喊道：

　　「開不開？開不開？」

　　一連喊了幾天，沒人敢答應。後來有個牧童隨口應了一聲：

　　「開！」

　　立刻石裂山開，驚天動地，現出了這座萬佛崖。

● 念樓曰

　　肅州即今甘肅酒泉，合黎山在其北。至今為止，甘肅已知的石窟造像，並沒有在合黎山頂的。因此我想，這一則傳說可能是甘肅境內別處佛教石窟造像被發現後不久開始形成的，「萬佛崖」也可能就是後來聞名世界的敦煌「千佛洞」。

　　在前面我說過，講「怪力亂神」的，有時也有自然史或文化史上的價值，但這需要披沙揀金，善於發現和別擇。像這一篇講牧童隨口應一聲「開」，立刻山石大開，出現了「天生菩薩像數千」，當然不可能是事實，只是「章淮樹觀察過其地」時聽來的故事，袁枚以其「怪」而記錄下來。但甘肅確有萬佛崖──千佛洞，內地士大夫過去並不知道，更從未前去看過，那麼此篇實可謂為甘肅千佛洞的早期報道，有它文化史的意義。

大榕樹

學其短

[楚雄奇樹]

楚雄府碍嘉州者卜夷地方，有冬青樹，
根蟠近十里，遠望如開數十座木行。其中
桌椅牀榻廚櫃俱全，可住十餘戶。惜樹葉
稀，不能遮風雨耳。其根拔地而出，枝枝
有腳。

| 袁枚 |

◎ 本文錄自《子不語》卷二十三。
◎ 碍嘉，當時州名，今屬雲南楚雄彝族自治州雙柏縣。

念樓讀

雲南楚雄磠嘉州有一處名叫者卜夷的地方，長着一株特大的常綠樹。樹的根從地下長出來，成為枝幹又再往下進入地中，上下盤繞，連綿恐怕有上十里。遠遠望去，一株樹簡直成了一處林子。

人們走到此樹下，只見那些樹根樹幹，有的可以當作桌子、凳子、牀鋪，中空的可作為櫥櫃，住上十來戶人家不成問題。只可惜樹葉畢竟不能充當屋瓦，無法完全遮蔽風雨。

這種樹的樹根可以破土而出，朝上長成樹幹；幹上的樹枝又可以朝下鑽，鑽到土裏成為樹根，真是奇觀。

念樓曰

袁枚筆下的「楚雄奇樹」，從形態上看，可以知道便是嶺南遍地可見的榕樹，不過長得特別大罷了。

地球上陸地非常寬廣，不必說七大洲，即是中國這幾百萬平方公里土地上，種類繁多的生物也是人的一生中難以遍見，更難以盡識的。袁氏能憑傳聞將榕樹的特點說對十之七八，已屬不易。

養蠶取絲，織成絲綢，這是中國最早使得泰西人驚異的文明成就。可是古希臘人卻說：

中國人用粟米和青蘆餵養一種類似蜘蛛的昆蟲，餵到第五年蟲肚子脹裂開，便從裏面取出絲來。（《希臘紀事》）

莫笑古希臘人記述失真，這卻是他們好奇和注意觀察記錄的表現，不容輕視。

賣祖宗像

學其短

[偷畫]

有白日入人家偷畫者，方捲出門，主人自外歸。賊窘，持畫而跪曰：「此小人家祖宗像也，窮極無奈，願以易米數斗。」主人大笑，嗤其愚妄，揮叱之去，竟不取視。登堂，則所懸趙子昂畫失矣。

‖ 袁枚 ‖

◎ 本文錄自《子不語》卷二十三。
◎ 趙子昂，名孟頫，號松雪道人，元代大畫家。

念樓讀

有個小偷，白天進屋在人家廳堂壁上偷取下一幅畫，捲起來拿着走到門口，正好碰上回家的主人。小偷急中生智，連忙跪下，雙手舉起畫軸，對主人說：

「小的家中無米下鍋了，這幅自家祖宗的畫像，求求您買下它，給我一點買米的錢，或者給我幾斗米，也是做了好事啊！」

主人聽了，覺得賣祖宗遺像簡直太可笑，也太荒唐了。於是想都沒想，便揮手叫他快滾。

走進廳屋以後才發現，原來掛在那裏的一幅趙子昂的畫，已經被剛剛碰着的這個人偷走了。

念樓曰

這可能是袁子才聽來的一則笑話，未必實有其事。但當作「騙術奇談」看看，也還有點趣味，能引人一笑。

在口頭上流傳的故事或笑話，屬於民間文學的範圍，研究它們的發生和演化、內容和情節，不僅有文學史的意義，也有社會風俗史的意義。像堂上掛字畫，還有賣祖宗畫像這類事情，都帶有時代的色彩，後世的人未必清楚，這便是有意義的地方。一笑置之，固未嘗不可；不置的話，也是有學問可以供研究的。

如今祖宗畫像和水陸道場畫一樣成了文物，被公開拍賣，價錢還越來越高，「大笑，嗤其愚妄」的，大概不會有了。

裝 嫩

⬤ 學 **其短**

[粉楦]

杭州范某娶再婚婦，年五十餘，齒半落
矣。奩具內橐橐有聲，啟視，則匣裝兩胡
桃，不知其所用，以為偶遺落耳。次早，
老婦臨鏡敷粉，兩頰內陷，以齒落故，粉
不能勻，呼婢曰：「取我粉楦來。」婢以胡
桃進，婦取含兩頰中，撲粉遂勻。杭人從
此戲呼胡桃為粉楦。

‖ 袁枚 ‖

◎ 本文錄自《子不語》卷二十三。
◎ 楦，放入鞋中將鞋面撐起的木製模型。

念樓讀

杭州范某娶了個老新娘，五十多歲，牙齒都掉了好些。她帶來的箱籠裏頭咯噔噔地響，一看是盒子裏裝着兩個核桃，都以為是偶然放在那裏的。

誰知第二天早上梳妝時，新娘因為牙齒脫落，腮幫子凹進去，粉撲不勻，便喊丫環：

「把我的粉楦頭拿來。」

丫環忙送上那兩個核桃，新娘接過去塞進口中，一邊一個，腮幫子凸起，粉就撲勻了。

從此，杭州人開玩笑，就把核桃叫做「粉楦頭」。

念樓曰

金聖歎曰：「人生三十未娶，不應更娶；四十未仕，不應更仕……何則，用違其時，事易盡也。」如今提倡晚婚，三十歲不結婚沒甚麼不好，不過「用違其時，事易盡也」卻說得不錯。

「年五十餘，齒半落矣」的老太婆要再婚，已是「用違其時」；牙齒掉了雙頰內陷，撲粉無法撲勻了，硬要將胡桃塞進口裏當「粉楦」，更是「用違其時」，使人覺得裝嫩，大可不必。

這是袁枚所在的乾隆時候的事情。如今人的壽命延長，五十幾歲可能還不算很老，還可以搞搞「黃昏戀」。但六十幾、七十幾、八十幾，總有老的時候吧。可偏有八十好幾的老人要裝嫩，要找「孫女級」的太太。「用違其時」當然是他的自由，但他一定要四處登場炫耀「上帝給我的禮物」，則亦難以阻止觀眾要作嘔。

雁蕩奇石

學其短

[動靜石]

南雁宕有動靜石二座，大如七架屋之梁，一動一靜，上下相壓。遊者臥石上，以腳撐之，雖七八歲童子能使離開尺許，轟然有聲。倘用手推，雖與夫十餘人，不能動其毫末。此皆天地間物理有不可解者。

‖ 袁枚 ‖

◎ 本文錄自《子不語》續集卷六。
◎ 南雁宕，即南雁蕩山，在浙江平陽。
◎ 七架屋之梁，疑當為「七架梁之屋」。

● 念樓讀

南雁蕩山有兩塊奇石，叫「動靜石」，上下相疊，都有七開間的房子那麼大。

在下的那塊為「靜石」，它是不動的，人可以躺在它上頭；用雙腳去蹬在上的「動石」，哪怕蹬的是個七八歲的小孩，它也會軋軋地響着，擺開約一尺遠，人一縮腳，又隨即恢復原狀了。

如果站着去推，即使叫十幾個轎夫一齊用力，這「動石」仍絲毫不動。

天地間有些奇事，它們的道理我一直弄不明白，此亦其一。

● 念樓曰

讀高小時，教地理的先生給我看過一張照片，是印在一本甚麼書上的，正是「一人臥靜石上，撐以雙腳」的情形，當然石轟然作聲，移開尺許是聽不見也看不着的。先生還講解過支點、力矩和重心的關係，這本是自然課的內容，結合生動的例子，印象更加深刻，不然我怎能七十多歲了還記得。

我很少旅遊，連名氣大得多的北雁蕩山都未到過，更別提南雁蕩山了，也不知道這兩塊巨石現在還在不在。如果還在的話，何不將《子不語》這一節刻在石頭上面，並根據物理學常識簡單說明「其理」——物體的重心和力矩。這樣既介紹了古人的記述，又普及了科學的知識，豈不好麼？

砸夜壺

● 學其短

[溺壺失節]

西人張某，作如皋令；幕友王貢南，杭州人。一日同舟出門，貢南夜間借用其溺壺。張大怒，曰：「我西人俗例，以溺壺當妻妾，此口含何物，而可許他人亂用耶？先生無禮極矣！」即命役取杖，責溺壺三十板，投之水中，而擲貢南行李於岸上，揚帆而去。

| 袁枚 |

◎ 本文錄自《子不語》續集卷九。

念樓讀

山西人張某在如皋任縣官，聘了杭州人王貢南當師爺。某次王貢南隨張某乘船出行，夜間小解，用了張某的夜壺。

第二天，張某發覺以後，勃然大怒，說：「咱山西人把夜壺當女人，這夜壺嘴巴是放啥東西進去的，能夠讓別人亂用嗎？王先生你也太不講規矩了。」一面罵，一面叫拿板子來，將夜壺砸得粉碎，丟進水中。又叫聽差將王師爺連人帶行李一起送上岸，逕自開船走了。

念樓曰

夜壺為生活用具，本不便共用。但張縣令生氣的卻不是別人用了自己的便壺，而是「亂用」了自己的「妻妾」。

性的獨佔性，蓋出於雄性的本能。我們在電視屏幕上看《動物世界》，從海狗一雄管百雌、雄獅奪「位」後急於殺盡「前夫」留下的幼子這類事情上，感覺得到這種自然力是如何之強，根本不是人類的道德觀念所能約束的。

但人類畢竟是人類，經過幾百萬年的進化，獸性總應該淡化到接近於零的無窮小了吧。可是歌頌唐太宗的功德，說他將「怨女三千放出宮」，此數量是海狗的三十倍，也只是他用不了的一小部分。

古代如此，現代的準皇帝或超皇帝，也有多位女人侍奉，未「婚」者想結婚，已婚者想回家，都須他批准。此皆是獸性的遺留，不能不使人歎息。相形之下，張縣令視夜壺為「妻妾」，不許王師爺「染指」，雖近於變態，卻也情有可原吧。

閱微草堂筆記八篇〔紀昀〕

兩 個 術 士

學其短

［安中寬言］

安中寬言：昔吳三桂之叛，有術士精六
壬，將往投之。遇一人，言亦欲投三桂，
因共宿。其人眠西牆下，術士曰：「君勿
眠此，此牆亥刻當圮。」其人曰：「君術未
精，牆向外圮，非向內圮也。」至夜果然。
余謂此附會之談也。是人能知牆之內外
圮，則知三桂之必敗矣。

‖ 紀昀 ‖

◎ 本文錄自紀昀《閱微草堂筆記》（下簡稱《筆記》）卷一，原無
題，下同。
◎ 紀昀，字曉嵐，清獻縣（今屬河北）人。
◎ 安中寬，人名疑非實指，故不注，下同。
◎ 吳三桂，字長白，遼東人，叛明投清，後又叛清。
◎ 六壬，用陰陽五行占卜吉凶的方術。

念樓讀

安中寬告訴我：吳三桂起兵時，術士某甲會占卜吉凶禍福，前往投吳。路上遇見某乙，也說要去投吳，二人便結伴同行。

夜間住宿時，乙將鋪位開在西牆下。甲說：「別睡那兒，這牆今天半夜時分會坍倒。」乙說：「牆的確會倒，不過不會向內，而會向外倒。」到時候，牆果然向外倒了。

我覺得，安中寬講的這個故事，不會是真的。如果甲、乙二人真能預知吉凶，也就能預知吳三桂會失敗，怎麼還會不遠千里去投奔他呢？

念樓曰

前面介紹過陸游、陶宗儀、陸容、屈大均和龔煒等人的作品，基本上屬於紀實，我以為是正宗的筆記。若馮夢龍和袁枚所寫，雖然也有名有姓，但創作的成分居多，應該視之為小小說。

紀曉嵐這八篇，都是從《閱微草堂筆記》中選出來的，名為筆記，亦是小說。紀氏題記亦謂：「小說稗官，知無關於著述；街談巷議，或有益於勸懲。」用小說來進行「勸懲」，即想它承擔起教化的任務，事實上恐怕不大可能。比如說，我們早就不信「六壬」能卜吉凶了，這與看沒看這一篇實在毫無關係；而那些燒香敬神求罪行不被揭發、畏罪潛逃還要請術士擇日子的大小貪官，就是給他們看上一千遍，又豈能為他們破除迷信。

之所以選它，只因為它是篇好看的小小說，這就夠了。

自己不肯死

學其短

［乩判］

宋按察蒙泉言：某公在明為諫官，嘗扶乩問壽數。仙判某年某月某日當死。計期不遠，恆悒悒，屆期乃無恙。後入本朝，至九列。適同僚家扶乩，前仙又降，某公叩以所判無驗，又判曰：「君不死，我奈何？」某公俯仰沉思，忽命駕去。蓋所判正甲申三月十九日也。

‖ 紀昀 ‖

◎ 本文錄自《筆記》卷二。
◎ 九列，即九卿，古時朝廷所設九個高級部門的主官，也可泛指朝廷大臣。

念樓讀

聽人說，某人在明朝當御史時，有次扶乩，他向乩仙請問自己的壽命。乩示說他不久就會死，死期在哪年哪月哪日，講得十分具體。某人為此憂心忡忡，誰知到時候卻平安無事。

到了清朝，某人的官做得更大了。有次往別人家去，正遇上扶乩。碰巧扶乩者和請來的乩仙都和上次相同，他便請問上次判的為何沒有應驗，乩示道：

「到了時候您自己不肯死，我有甚麼辦法？」

某人低頭想了一想，臉色大變，立刻起身，匆匆離開了。

原來上次乩示他的死期是甲申年三月十九日，正是崇禎皇帝吊死煤山那一天。

念樓曰

此篇構思精巧，諷刺深刻，是一篇上乘的小小說。

它諷刺的對象，是那位「在明為諫官」，「入本（清）朝至九列」的某公。當然，明朝不明，這是歷史的事實，搞得亡了國，也是咎由自取。崇禎皇帝不肯做宋徽宗那樣的「昏德公」，或者像後來的愛新覺羅‧溥儀那樣向斯大林交入黨申請書，一索子吊死在煤山，倒不失尊嚴。吃過明朝俸祿的人，是不是全得和他一同「殉國」呢？成千上萬的「舊官吏」一齊「同日死」，我看亦可不必。但對於「九列」的地位總不該那麼積極去爭取，當然他還沒有像某軍統大特務那樣津津樂道「光榮起義」的經過，還沒那麼不要臉。

老儒死後

學其短

［邊隨園言］

邊隨園徵君言：有入冥者，見一老儒立廡下，意甚惶遽。一冥吏似是其故人，揖與寒溫畢，拱手對之笑曰：「先生平日持無鬼論，不知先生今日果是何物？」諸鬼皆粲然，老儒蝟縮而已。

‖ 紀昀 ‖

◎ 本文錄自《筆記》卷四。
◎ 邊隨園，名連寶，清任丘（今屬河北）人，曾召試鴻博，又舉經學，辭不赴，故稱徵君。

念樓讀

有個「走陰差」（生魂被神召去，辦完陰間的差事後又還陽）的人，說是在閻王殿的走廊上見到一位剛剛死去的老先生，站在那兒瑟瑟發抖。

這時走過來一位判官，好像是老先生的熟人，熱情地同他打過招呼後，和顏悅色地問道：

「老先生你天天講無鬼論，說是沒有鬼，那麼今天該怎樣稱呼你呢？」

聽了判官這話，旁邊的鬼一齊哈哈大笑起來；再看那位老先生，卻更加抖得縮成一團了。

這個故事是邊隨園先生講給我聽的。

念樓曰

世上到底有沒有鬼這種東西，現在似乎已經不稱其為問題，但在以前恐怕就很難乾脆做出回答。那時候很多人的心中，或多或少總會留有些鬼的影子或記憶。有人曾下令編過一本《不怕鬼的故事》，說是不怕鬼，其實是心中有鬼；若心中無鬼，又怎麼會有那麼多鬼來考驗人是怕還是不怕。

老先生生前不相信有鬼，死後成了鬼，信念破滅的痛苦自然難免。但只要不是生前宣傳「無鬼論」宣傳得太過頭，打鬼打得太多，把新鬼故鬼全都得罪了，重新做鬼也並不太難，又何至於站在那兒瑟瑟發抖。

鬼有預見

學其短

[徐景熹]

徐公景熹官福建鹽道時，署中篋笥每火自內發，而扃鑰如故。又一夕，竊剪其侍姬髮，為祟殊甚。既而徐公罷歸，未及行而卒。山鬼能知一歲事，故乘其將去肆侮也。徐公盛時，銷聲匿跡；衰氣一至，無故侵陵。此邪魅所以為邪魅歟。

‖ 紀昀 ‖

◎ 本文錄自《筆記》卷六。

念樓讀

徐某在福建當鹽運使時，家中原本很正常，後來卻連出怪事：箱籠鎖得好好的，火卻從裏面燒起來；小老婆的頭髮，一覺醒來，竟被剪掉許多。——都是鬼來作怪。

不久，徐某便被罷了官，而且來不及動身離開福建就病死了。原來鬼有預見，知道徐的官做不長了，便來欺負他。

人走上風，鬼不敢放肆；走下風，鬼就目中無人。如此看來，鬼的確是「能知一歲事」的。

念樓曰

「山鬼能知一歲事」，語出《史記·秦始皇本紀》：

三十六年，熒惑守心，有墜星下東郡，至地為石。黔首或刻其石曰：「始皇帝死而地分。」

……秋，使者從關東夜過華陰平舒道，有人持璧遮使者曰：「……今年祖龍死。」使者問其故，因忽不見，置其璧去。使者奉璧具以聞，始皇默然，良久曰：「山鬼固不過知一歲事也。」

秦始皇是三十七年七月死的，三十六年已經有「黔首」在隕石上刻字咒他死，又有人在夜裏攔住朝廷使者求他死（是求才會送上玉璧）。秦始皇明明知道，刻字送璧都是人幹的，也只有人才幹得了，「默然良久」後偏要說：「山裏的鬼，也頂多曉得一年的事情吧。」真不知道他是有了預感呢，還是在自寬自解。

妙就妙在，祖龍——始皇真的死了，徐道台也「未及行而卒」了。看來鬼真能預見，有恃無恐、作威作福的人，你們不怕人，也該怕鬼呀。

報 應

學其短

［天道乘除］

天道乘除，不能盡測。善惡之報，有時
應，有時不應，有時即應，有時緩應，亦
有時示以巧應。余在烏魯木齊時，吉木薩
報遣犯劉允成，為逋負過多，迫而自縊。
余飭吏銷除其名籍，見原案注語云：「為
重利盤剝，逼死人命事。」

‖ 紀昀 ‖

◎ 本文錄自《筆記》卷八。
◎ 吉木薩，今吉木薩爾縣，在烏魯木齊東北。

念樓讀

人做壞事，常說天理難容；天理怎樣昭彰，卻誰也無法預測。又說善有善報，惡有惡報，卻是有的報，有的不報，有的報得快，有的報得遲，也有報得很巧的。

我在烏魯木齊時，有次吉木薩地方來報告，充軍犯人劉允成因為無法應付債主的催索，被迫上吊自殺身亡。我叫辦事員找出劉的檔案準備註銷，只見劉原判的罪名，正是「重利盤剝，逼死人命」。這便是報應報得很巧的了。

念樓曰

社會不公平，便只能寄希望於「報應」。林彪摔死是報應，江青得癌症吊頸也是報應。在吃夠了他們苦頭的百姓心裏，這樣的報應當然來得越快越好，越巧越好。

常言道「多行不義必自斃」，便隱含了「善惡到頭終有報」的意思。「秦王掃六合，虎視何雄哉」，中國頭一回大一統，如果他不焚書坑儒、不大肆誅殺的話，本不該只統治十五年。可是他偏要焚書坑儒，偏要大肆誅殺，有人在石頭上刻了「始皇帝死而地分」，他破不了案，便「盡取石旁居人誅之」。如此多行不義，「報應」自然來得快，身死國滅，連子孫都沒能留下一個半個。

紀曉嵐講的這個「巧報應」，自己「重利盤剝，逼死人命」，結果也因「逋負過多，迫而自縊」，巧則巧矣，意義卻不夠廣大。只有等着看秦始皇之類暴君的下場，人們才會有「得報應」的愉快感。

死了還要鬥

學其短

［曾英華言］

嘉祥曾英華言：一夕秋月澄明，與數友散步場圃外。忽旋風滾滾自東南來，中有十餘鬼，互相牽曳，且毆且罵，尚能辨其一二語，似爭朱陸異同也。門戶之禍，乃下徹黃泉乎？

‖ 紀昀 ‖

◎ 本文錄自《筆記》卷十二。
◎ 朱陸異同，朱熹、陸九淵皆理學家，學派不同。

念樓讀

山東嘉祥人曾英華給我講過他的一次奇遇。

一個秋天的晚上，月色正明，他們幾個朋友正在菜園旁邊散步。忽然一陣旋風從東南方颳來，只見十多個鬼你扭着我，我抓住你，邊打邊罵。鬼話連篇，不甚了了，只聽清一句兩句，好像是在爭論唯心唯物的問題。

難道講鬥爭哲學鬥一世還沒鬥夠，做了鬼還要鬥下去嗎？

念樓曰

這一篇寫十多個鬼為爭「朱陸異同」，居然打成一團，鬧得不可開交。我想這只怕是紀公的創作，有沒有聽鬼談哲學的「嘉祥曾英華」其人呢，亦毋庸追究了。

我不曾活見鬼，只見過「全民學哲學」運動的熱鬧場面，那真是驚心動魄啊。「嘉祥曾英華」所見十餘鬼所爭的「朱陸異同」，指朱熹和陸九淵二人在哲學思想、學術方法上的爭論，後來變成了宗派之爭，沒完沒了，令人生厭，但亦只令人生厭而已。我所經歷的「革命大批判」，則是「鬥爭哲學」的活學活用，其實與哲學完全不沾邊，只是為了滿足「與人奮鬥，其樂無窮」的快感，硬要鬥到「殺關管教」為止。我即是鬥爭對象之一，終於被「牽曳」進了勞改隊，一關就是九年。

狐仙也好

學其短

[陳句山移居]

陳句山前輩移居一宅，搬運家具時先置書
十餘簏於庭，似聞樹後小語曰：「三十餘
年，此間不見此物矣。」視之闃如。或曰：
「必狐也。」句山掉首曰：「解作此語，狐
亦大佳。」

‖ 紀昀 ‖

◎ 本文錄自《筆記》卷十五。
◎ 陳句山，名兆崙，字星齋，清錢塘（今杭州）人。

●念樓讀

老前輩陳句山先生有次遷居，搬家具時，先搬了十幾箱書放在準備遷入的院子裏。這時，彷彿聽見院子旁邊的樹後面有人小聲道：

「這兒見不到這些東西，已經有三十多年了。」

去看樹後，卻甚麼人也沒有。家人們以為一定是狐狸精，有些害怕。句山先生卻說：

「能夠說出這樣的話來，狐仙也好啊。」

●念樓曰

是讀書人家，才會有書，才會喜歡書。

陳句山乾隆初舉博學鴻詞，授翰林院檢討，確實是紀曉嵐的前輩。他是有著作行世的人，家裏的書自然不會少。

那在樹後小聲說話的狐仙，想必也是個喜歡書的。喜歡書喜歡到極點了，就會更進一步，不喜歡不喜歡書的人。三十餘年不見書，也就是三十餘年只能和不喜歡書的人住在一個院子裏，當其見書箱而歡喜，忍不住要現「聲」。

陳句山願與此狐為鄰，大約也是很不喜歡自己那些不喜歡書的同事、鄰居和朋友的，當然這裏面不會包括紀曉嵐。

在《閱微草堂筆記》和《聊齋誌異》裏，狐仙比鬼往往更親近人，更具人性，這一點外國人大概不容易理解，我們的研究者應該給他們做些解釋。

貪官下地獄

學其短

［州牧伏誅］

有州牧以貪橫伏誅。既死之後，州民喧傳其種種冥報，至不可殫書。余謂此怨毒未平，造作訛言耳。先兄晴湖則曰：「天地無心，視聽在民。民言如是，是亦可危也已。」

‖ 紀昀 ‖

◎ 本文錄自《筆記》卷十五。

念樓讀

有個做知州的地方官，因為貪贓枉法、橫行霸道被判了死刑。隨後，地方上便出現種種傳言，講他完全是因為壞事做多了才受報應，將他下地獄受罪的情形講得活靈活現，走刀山呀，下油鍋呀，跟親眼見到的一樣。

我想這大概是此人作惡太多，大家不解恨，才編出這些故事來。我哥哥晴湖那時還在，卻另有一番說法：

「講報應，當然只能是天報應。但天既沒眼睛又沒耳朵，只能通過人們來看來聽；既然老百姓們都說他在受報應，便是他實在該受報應，也真的在受報應了。」

念樓曰

紀晴湖的這番話，講得實在是深刻極了。「新沙皇」時代，俄羅斯民間流傳種種政治笑話，不正是「民言如是，是亦可危也已」，後來在「蘇東波」中一一都應驗了麼。

我如今也託福住在老幹部宿舍樓，時常聽到傳言，某個前書記、某個前省長被中紀委來人帶走了，或者是被「雙規」了。對此我總是笑答云，未必會有此事，只不過說明人們心裏認為會出這種事罷了。這也就是「民言如是，是亦可危也已」了。

州牧即知州。清朝省以下分府、廳、州、縣。州有兩種，直隸州屬省管，下可轄縣，地位相當於府；單州則屬府管，地位相當於縣。

揚州畫舫錄九篇〔李斗〕

飛堁

◉學其短

［葉公墳］

葉公墳，明刑部侍郎葉公相之墓也。墓
後土阜高十餘丈，前臨小迎恩河，右有石
橋，土人稱之為葉公橋。相傳為駱駝地，
其上石枋、石几、翁仲、馬羊，陳列墓道。
里人於清明時墳上放紙鳶，擲瓦礫於翁仲
帽上，以卜幸獲，謂之飛堁。重陽於此登
高，浸以成俗。

‖李斗‖

◎ 本文錄自李斗《揚州畫舫錄》（下簡稱《畫舫錄》）卷一，原無
題，下同。
◎ 李斗，號艾塘，清儀徵（今屬江蘇）人。

念樓讀

揚州城外運河兩岸，有不少可以遊觀的處所，其中一處叫葉公墳，是明朝一位姓葉的刑部侍郎的墓地。墓後有座十多丈高的土山，墓前流過一條小河（河上建了座石橋，本地人叫它葉公橋）。此處地形像駱駝聳起個駝峯，算得上一景。墓前建造了石牌坊、石香案，還修築了墓道。墓道兩旁，排列着石人石馬。

清明前後，揚州人常來這裏放風箏，還玩一種叫「飛堶」的遊戲：先在石人頭上擱些瓦片，再用瓦石去擲，看能否擊中，以預測自家的運氣。

重陽到葉公墳登高，也成了揚州的風俗。

念樓曰

屈大均的《廣東新語》，天、地、山、水、食、貨、動、植無所不包，自稱為「廣東之外志」；李斗的《揚州畫舫錄》，覆蓋面只限於揚州，又專錄居民的社會文化生活，「瑣細猥褻之事，詼諧俚俗之談，皆登而記之」，亦有其不可代替的價值。這類專記地方風土的書，在汗牛充棟的歷代筆記中，本來就是鳳毛麟角，正是我的興趣所在。

紙鳶、飛堶，都是兒童喜歡的遊戲。飛堶在長沙一帶稱為「打碑」，在僻巷中、井台旁都可以玩，亦不必以石人頭作為目標，就在地上將瓦片碼成小塔，站在丈許外以瓦礫擊之，以一擊能中者為勝，如能只削去塔尖不波及塔身，則夠得上稱大哥了。

僻靜得好

學其短

［桃花庵］

桃花庵僻處長春橋內，過橋，沿小溪河邊
折入山徑，嵽嵲難行。小澳夾兩陵間，
嶼亦分而為兩，左右有螺亭、穆如亭。
嶼竟，琢石為階，庵門額為朱思堂轉運所
書。溪水到門，可以欹身汲流漱齒，中多
水鳥，白毛初滿，時得人稀水深之樂。

‖ 李斗 ‖

◎ 本文錄自《畫舫錄》卷二。
◎ 嵽嵲，音 dié niè，形容山高。

念樓讀

桃花庵妙就妙在僻靜得好。到那裏去，先得過長春橋，再沿着溪流走進山谷。這條路相當險峻，很不好走。要走上一段，才會發現，溪水在兩山之間匯成了一個灣。灣雖不大，卻在兩邊都有山腳形成的小島。島上各有一小亭，叫做「螺亭」和「穆如亭」。走過小島和小亭，人就到了桃花庵的石階下，溪水也一直到了庵前。

庵門上有做鹽運使的朱某人的題額。坐在潔淨的石階上，彎腰便能接觸到潔淨的水——潔淨到簡直可以掬起來漱口。一羣白色的水鳥，羽毛剛剛長滿，在水中盡情嬉戲。這裏溪水既深，遊人又少，看得出牠們很自由和快樂。

念樓曰

門口的石階上能坐人，坐着還能彎腰掬水，漱口潤喉，看成羣水鳥自在遊戲，這真是一處人和鳥都能「得人稀水深之樂」的既僻靜又能休閒遊覽的好處所。

我以為，休閒遊覽之處，第一就是要靜。要靜先得人稀，如果不是人稀而是人密，成了遊樂場，便只有熱鬧，無法安靜了。何處人才會稀而不密呢？那就得找尋僻靜處。山徑很不好走，過了小澳還要過小嶼才走得到的桃花庵，大概就是這樣的僻靜處。不然的話，這裏的水鳥早已驚飛，門前的水也斷然無法進口了。

茶樓酒館

學其短

［撲缸春］

撲缸春酒肆在街西。遊屐入城，山色湖光，帶於眉宇，烹魚煮筍，盡飲縱談，率在於是。青蓮齋在街西，六安山僧茶葉館也。僧有茶田，春夏入山，秋冬居肆。東城遊人，皆於此買茶，供一日之用。鄭板橋書聯云：「從來名士能評水，自古高僧愛鬥茶。」

‖ 李斗 ‖

◎ 本文錄自《畫舫錄》卷四。
◎ 六安，今安徽六安市。
◎ 鄭板橋，名燮，清興化（今江蘇）人，書畫名家，「揚州八怪」之一。

念樓讀

（天寧門）大街的西邊，有家餐館叫「撲缸春」。到揚州城外遊玩的人，飽覽湖光山色後，滿臉高興，想找人說話，進城後多半在這裏歇腳，一邊享受揚式菜餚的美味，一邊互相敍說感受和見聞。

街西邊還有一處著名的茶館，叫「青蓮齋」，是安徽六安山裏的和尚們開的。和尚們自有茶園，春夏兩季在山裏採茶製茶，秋冬兩季便進了城，到店裏來幫着賣茶。上東門這邊遊玩的客人，大都會到這裏買茶，作為一天的飲料。

青蓮齋裏面掛着一副對聯：

從來名士能評水，自古高僧愛鬥茶。

此乃鄭板橋的手筆。

念樓曰

此文寫揚州一條熱鬧大街上的茶樓酒肆，只介紹了兩家，因為抓住了特點，幾十個字便能使人留下鮮明的印象。

「撲缸春」過去稱酒肆，現在叫餐廳，因為位置靠近「遊屐入城」之處，客人多是「山色湖光（是平山堂的山色和瘦西湖的湖光吧），帶於眉宇」的遊客，這便是它的特點。

「青蓮齋」的特點更明顯，它乃是六安山裏的和尚來揚州賣六安茶的店子。六安茶，這可是大觀園裏櫳翠庵中妙玉捧給王夫人、鳳姐她們吃的茶啊，只有賈母才說：「我不吃六安茶。」

演 法 聰

［二面蔡茂根］

二面蔡茂根演《西廂記》，法聰瞪目縮臂，縱膊埋肩，搔首踟躕，興會飆舉，不覺至僧帽欲墜。斯時舉座恐其露髮，茂根顏色自若。

‖ 李斗 ‖

◎ 本文錄自《畫舫錄》卷五。

念樓讀

揚州的戲班裏，扮演二花臉最出名的，要數蔡茂根。我看過他演《西廂記》裏的法聰和尚，大吼一聲跳上台，怒目圓睜，胳膊收緊，再猛然兩肩一沉，雙拳齊出，好一個亮相，真是演活了一個躍躍欲試的莽和尚。叫他打出普救寺去搬救兵，他興奮得摩拳擦掌，一連串大動作將頭上的和尚帽抖得搖搖欲墜。

台下看戲的人越來越緊張，生怕和尚帽子掉下來露出了頭髮。蔡茂根卻若無其事，仍然做他的大動作，頭上的帽子也仍然搖搖欲墜，一直到終場。

念樓曰

古人筆記中的戲劇史料，以《陶庵夢憶》寫得最為生動。這一條寫演員表演，似可與之比美。中國戲劇的表演都是誇張的，但演得傳神，也能使觀眾感情激動。這就需要演員自己先投入整個身心，「興會飆舉」才行。

小花臉在戲中一直是配角，但高明的演員憑精彩的演技也可以大獲成功。蔡茂根能讓頭上的和尚帽子搖搖欲墜，馬上要掉落下來似的，使得滿場觀眾都替他捏一把汗。和尚帽子掉下來，露出的卻不是一個光頭，豈不露餡了嗎？可是他卻「顏色自若」，像是完全不覺得，於是觀眾們更擔心、更緊張，他的表演也更加討好。

這便是二面蔡茂根的本事，也是《揚州畫舫錄》作者的本事。

男旦

⬤ **學**其短

[魏三兒]

四川魏三兒，號長生，年四十，來郡城投
江鶴亭，演戲一齣，贈以千金。嘗泛舟湖
上，一時聞風，妓舸盡出，畫槳相擊，溪
水亂香。長生舉止自若，意態蒼涼。

‖ 李斗 ‖

◎ 本文錄自《畫舫錄》卷五。

● 念樓讀

魏長生藝名三兒，從四川出來，演紅了各地舞台。四十歲時，江鶴亭邀請他到揚州來演出，一齣戲的酬金就是一千兩銀子。

某天他乘船遊湖，消息傳出，揚州花船上的妓女，全都打扮整齊，催船追看魏三兒。一時槳碰槳、船擠船，衣香鬢影，簡直把湖水都攪開了。魏長生卻蕭然自若，態度和平常一樣閒遠。

● 念樓曰

妓女爭看男戲子，性心理屬於正常，和現在女人們追捧男藝人沒有甚麼不同。不過在李斗的時代，普通婦女（更不要說大家閨秀了）沒有這種自由，所以只能由妓女來代表。她們那時候的「發燒」勁，亦不過多熏一點香，多給幾個錢叫船夫用力划槳，比起如今的女學生跳上舞台去抱着「哥哥」狂吻，或者因為「偶像」不肯簽名便投水自殺，實在是還很「保守」。

魏長生是一名男旦，在一九一九年以前，男旦和「相公」乃同義詞，盡人皆知，老實說沒甚麼自尊好講。《海上花》中所寫長三痛打相公，是妓女恨男旦搶走生意，是「同行相妒忌」，不將其視為異性，而將其當成做皮肉生意的同行，究屬變態。因為男旦畢竟是男人，本應該由女人來看來追。而魏長生在「妓舸盡出」都來追看他的情況下，並不像香港的陳冠希那樣揚揚自得，這倒是罕見的。

絲竹何如

學其短

[知己食]

知己食在頭橋上，宰夫楊氏工宰肉，得
炙肉之法，謂之熏燒。肆中額云「絲竹何
如」，人皆不得其解。或以「雖無絲竹管弦
之盛」語解之，謂其意在觴詠。或以「絲
不如竹，竹不如肉」語解之，謂其意在於
肉。然市井屠沽，每藉聯匾新異，足以致
遠，是皆可以不解解之也。

‖ 李斗 ‖

◎ 本文錄自《畫舫錄》卷七。
◎「雖無絲竹管弦之盛」，見王羲之《蘭亭集序》。
◎「絲不如竹，竹不如肉」，見陶淵明《晉故征西大將軍長史孟
府君傳》。「竹不如肉」的「肉」指人的歌喉。

念樓讀

「知己食」是一家餐館的招牌。那裏的老闆兼主廚姓楊，他創造了一種新式的燒烤方法做熏肉，很是有名。

餐廳裏有塊匾額，四個大字是「絲竹何如」，顧客都不太明白它的意思。有人說是用王羲之的話，「雖無絲竹管弦之盛，一觴一詠，亦足以暢敍幽情」，意思是此處宜「觴詠」，即飲酒賦詩；有人則說是用桓溫的話，「絲不如竹，竹不如肉」，意在宣傳這裏的「肉」即熏肉。眾說紛紜，莫衷一是。

其實飲食店的招牌，本意只在標新立異，吸引顧客，也不必硬要做十分確切的解釋吧。

念樓曰

取招牌名，或者說取名字（店名、商標文字等），的確需要一點巧思。清末有家酒樓取名「天然居」，兩邊的對聯是：

客上天然居

居然天上客

還有美國奶粉品牌 KLIM（克寧）的四個字母，顛倒過來正是 MILK（牛奶），都是好例。

「知己食」和「絲竹何如」，都是走偏鋒，用使人覺得特別的方法來吸引人注意。頂極端的例子還有一個：《東觀漢記》記西南夷「白狼王唐菆」作歌頌漢云「推潭僕遠……」，無人能解，犍為郡掾由恭素與相狎，始譯云「甘美酒食……」。清代京城有家餐館用「推潭僕遠」做招牌，一下便吸引了京城人的眼光。

以眼為耳

學其短

[明月樓]

明月樓茶肆，在二釣橋南，南岸外為二道溝，中皆淮水，逢潮汐則江水間之，肆中茶取於是。飲者往來不絕，人聲喧闐，雜以籠養鳥聲，隔席相語，恆以眼為耳。

‖ 李斗 ‖

◎ 本文錄自《畫舫錄》卷七。

念樓讀

二釣橋南的明月樓茶館，緊挨着二道溝水道。二道溝是淮水的一條支流，但漲潮時長江的水也會進來。所以，能夠同時用淮河的水和長江的水給客人泡茶，也就成了明月樓的一大特色。

因此明月樓的生意特別好，總是客人滿座，笑語喧天。加上許多人都帶着籠養的鳥兒來坐茶館，鳥兒聚會，叫得更歡。茶客之間交談，如果隔了一兩張桌子，便根本聽不清，彼此得依靠臉色和手勢。

念樓曰

研究中國城市史，了解古代中國的城市生活，有幾部書真是十分重要。北宋時的開封有《東京夢華錄》，南宋時的杭州有《武林舊事》，明代的北京有《春明夢餘錄》，清朝極盛時的揚州則有這部《揚州畫舫錄》。而論材料之富贍，見解之明達，文字之生動，則後來者居上，前三者均有所不及。

《揚州畫舫錄》最優勝的一點，就是注意普通市民的日常生活，光是寫茶樓酒館的便有好多條。在太平盛世時，這類地方最能反映出市民生活的逸豫，看起來也饒有趣味。明月樓中的喧闐嘈雜，「以眼為耳」四個字便寫盡了。當然亂世中或暴政下的茶樓酒館裏有時也人聲鼎沸，但氣氛、情調則大不相同，用心便能分辨得出。

同 聲 一 哭

學其短

［珍珠娘］

珍珠娘姓朱氏，年十二工歌，繼為樂工吳
泗英女。染肺疾，每一欅杓，落髮如風前
秋柳，攬鏡意憉，輒低亞自憐。陽湖黃仲
則，見余每述此境，聲淚齊下。美人色
衰，名士窮途，煮字繡文，同聲一哭。後
以疾殞，年三十有八。數年後仲則客死絳
州，年亦三十有八。

‖ 李斗 ‖

◎ 本文錄自《畫舫錄》卷九。
◎ 欅杓，疑當作「欅櫛」。欅是一種白色的木，欅櫛是用白木
　做的梳子，引申為用梳子梳頭髮。
◎ 陽湖，舊縣名，屬江蘇，後併入武進縣（今武進區）。
◎ 黃仲則，名景仁，清武進人，以詩著名。
◎ 絳州，今山西新絳。

念樓讀

珍珠娘是個妓女的花名。她本姓朱，十二歲便以唱歌出名，成了吳家的養女。陪酒賣笑的生活，使她年紀輕輕就染上了肺病，但她仍不能不用心打扮，勉力應酬。每次梳頭，頭髮就像霜葉經風，紛紛下落，這時她總忍不住傷心。

珍珠娘的客人中有一個同情她的人——詩人黃仲則。仲則見到我，總用憐惜的口吻談起珍珠娘，談起她的病和愁，談時他常常忍不住傷心流淚。

珍珠娘死時才三十八歲。幾年以後，仲則為謀事遠走山西，死在絳州，死時也才三十八歲。

念樓曰

黃仲則生前窮困潦倒，身後卻名滿天下。我少年時把《兩當軒集》常放在枕邊，「獨立市橋人不識，一星如月看多時」尤喜吟誦。郁達夫寫黃的那篇《采石磯》，更是我愛讀的小說。黃和珍珠娘有這麼一段感情，卻是看《揚州畫舫錄》後才知道的。

從《畫舫錄》看，珍珠娘年紀比黃仲則要大好幾歲，且患肺病，「每一櫛枒，落髮如風前秋柳」，又病又老（舊時妓女年過三十即「老」了）。黃仲則為少年名士，雖然無官位、無錢財，在詩酒場中還是人人為之側目的，卻每天陪着她梳頭，對朋友談起她時還「聲淚齊下」。我想聯繫他和她的肯定不全是性，而是人間自有的真情，真值得同聲一哭。

揚州泥人

學其短

［雕繪土偶］

雕繪土偶，本蘇州拔不倒做法。二人為對，三人以上為台，爭新鬥奇，多春台班新戲，如《倒馬子》《打盞飯》《殺皮匠》《打花鼓》之類。其價之貴，甚於古之郎時田所製泥孩兒也。

‖ 李斗 ‖

◎ 本文錄自《畫舫錄》卷十六。
◎「三人以上為台」印本原作「三人以下為台」。
◎ 郎時田，詳見頁七八。「時」原誤作「志」，今改。

念樓讀

揚州出產的泥人，形態生動，外加彩繪，製作方法和蘇州的「不倒翁」相同，卻以人物故事不斷翻新取勝。戲園子裏上演的新戲，如《倒馬桶》《打盞飯》《殺皮匠》《打花鼓》……很快人物都做成了泥人。兩個一組的叫一對，三個以上一組的叫一台，價錢都賣得很高，簡直超過了宋朝的名牌泥人「鄜時田」。

念樓曰

「拔不倒」別的書中多寫作「扳不倒」，應是對的，現則稱為不倒翁。「鄜時田」，《老學庵筆記》云「鄜州田氏作泥孩兒名天下」，末又云「鄜時田玘製」。鄜時即鄜州，今陝西富縣，田玘則是田氏的代表，製作泥人兒的手工藝人。古時不重庶民，手藝人能在文人筆下留名，很不容易。

「扳不倒」即不倒翁，這種玩具下部是重心所在，又做成半球狀，故可扳而不倒，即使用手按住它，一鬆手又起來了。中國歷來尊老，小孩在家中沒甚麼地位，有個泥做的白鬚白髮的老頭兒，能夠扳倒他幾下，也會給兒童一種心理上的愉快感。

至於要將多個泥人做成一台戲，工藝就複雜多了。《倒馬桶》這些戲沒看過，《打花鼓》在湖南鄉下演出，至少一旦一丑，動作都很大，表情又豐富，用泥塑表現並不容易。若要像天津泥人張做《鍾馗嫁妹》等作品，尤其是《壽怡紅羣芳開夜宴》，則更難矣。

兩般秋雨盦隨筆八篇〔梁紹壬〕

座右銘

學其短

［呂叔簡語］

明呂叔簡云：「今之用人，每恨無去處，
而不知其病根在來處。今之理財，每恨無
來處，而不知其病根在去處。」二語可為
居官居家者座右銘。

‖ 梁紹壬 ‖

◎ 本文錄自梁紹壬《兩般秋雨盦隨筆》（下簡稱《隨筆》）卷一。

◎ 梁紹壬，號晉竹，清錢塘（今杭州）人。

◎ 呂叔簡，名坤，號新吾，明寧陵（今屬河南）人。

⬤念樓讀

「如今談起用人，總埋怨人不容易安排出去；其實這只能怨進人進得太多，不管哪裏來的都接收，太浮濫了。

「如今談起用錢，總埋怨錢不容易弄進來；卻不知這只能怨花錢花得太多，各種開支太大了。」

明朝人呂坤的這兩句話，當官和當家的人都值得好好聽一聽，想一想。

⬤念樓曰

呂坤是一個有學問、有見識的人。周作人民國十二年曾撰文介紹他的《演小兒語》，認為「頗有見地」，並曾在北京大學《歌謠週刊》上全文轉載。

呂坤又是一個做過官、辦過事的人。他在萬曆年間成進士後，官至山西巡撫、刑部侍郎，史稱其「舉措公明，立朝持正」，「以是為小人所不悅」，上疏陳天下安危，朝廷又「不報」（不予理會），於是中年就辭官歸隱，專事著述，以學者終老了。

呂坤絕不是不諳世事的書呆子，他的有些格言確實「可為居官居家者座右銘」。從古書中找「管理經驗」，這是改革開放以來才有的「課題」，在這方面亦不必只抄《管子》《鹽鐵論》，隨筆雜書中的材料也可以看看。

不白之冤

學其短

［不白］

陳太僕句山先生，年逾耳順，鬚尚全黑。
裘文達公戲之曰：「若以年而論，公鬚可
謂抱不白之冤矣。」

‖ 梁紹壬 ‖

◎ 本文錄自《隨筆》卷二。
◎ 陳太僕句山，見頁二四二注。
◎ 裘文達公，名曰修，字叔度，清江西新建人。

念樓讀

通政使陳句山先生，年紀已經過了六十，鬍鬚卻全是黑的，還沒有白一根。裘叔度先生是陳先生的好友，見了陳，便跟他開玩笑道：

「莫怪別人不敬你老，只怪你的鬍子不肯白，給你造成了『不白之冤』啊！」

念樓日

陳兆侖（句山）和裘日修（叔度），都是當時（清乾隆朝）的名人。陳是雍正進士，乾隆初舉博學鴻詞，入翰林院，詩文和書法都為人稱賞，官至通政使。裘是乾隆進士，參編《太學志》《西清古鑒》《石渠寶笈》等書，歷任三部尚書。這篇短文是一則小小的名人逸事。

此類小記事、小語錄，完全沒有甚麼重大的意義，就只是好玩。無傷大雅，卻可以使人莞爾一笑，精神上偶爾放鬆一下，便於心理健康有益。有的進行諷刺或諧謔，亦各有其功用，卻是別一類。如今記「名人」、記「明星」，多注意八卦緋聞，往往猥褻油滑，墮入惡趣，則是下流行徑，在避談閨闥的古人那裏，倒是極為少見的。

附帶說一下，《西清古鑒》四十卷和《石渠寶笈》四十四卷，分別著錄內府所藏古代銅器和歷朝書畫，至今仍是研究文物的重要參考書。

警句

學其短

[劉子明語]

宋劉卞功字子明，隱居不仕，賜號高尚先生。答王子常書曰：「常人以嗜欲殺身，以財貨殺子孫，以政事殺民，以學術殺天下後世。」此數語甚奇辟。

‖ 梁紹壬 ‖

◎ 本文錄自《隨筆》卷一。
◎ 劉卞功（原本誤作劉十功），字子明，北宋末安定（今河北保定）人。
◎ 王子常，不詳。

●念樓讀

北宋末年的學者劉子明隱居鄉下，堅決不出來做官，徽宗皇帝曾給他賜號「高尚先生」。他有幾句話，是在寫給友人王子常的信中說的：

「人們用嗜好殺害自身，用財富殺害子孫，用政府行為殺害國民，用政治理論殺害人類。」

此話初聽覺得有點嚇人，仔細想想，恐怕確是如此。

●念樓曰

嗜好如果於健康不利，於道德有礙，於社會有害，是有可能殺害自身的，如吸毒、聚賭、濫淫……

財富也有可能殺害子孫，大少爺恣意妄為，以致犯下死罪，如上世紀八十年代初上海槍斃的幾名高幹子弟。

這頭兩句，乃是人所能見、人所能言的。

政府行為殺害國民的事實，古往今來，並不少見。秦始皇修長城造陵墓，斯大林搞「集體化」消滅富農，希特勒清洗猶太人，……都死了成千上萬的人。萬里長城、奧斯維辛、古拉格羣島……至今還在，可以為證。

秦始皇、斯大林、希特勒等的「政府行為」，都是有「政治理論」做指導、為依據的。李斯在咸陽宮的長篇發言，斯大林幾十卷的全集，《我的奮鬥》和「德國德國，高於一切」的歌詞……，白紙黑字，賴也賴不掉。

這後兩句，未必人人都能看出，都敢說。「高尚先生」能夠如此簡單明白地把它說出來，確可稱警句。

蔡京這樣説

●學其短

［喪心語］

宋吳伯舉守姑蘇，蔡京一見大喜，入相首薦其才，三遷中書舍人。後以忤京，落職知揚州。客或有以為言者，京曰：「既做官，又要做好人，兩者可得兼耶？」此真喪心病狂之語。

‖ 梁紹壬 ‖

◎ 本文錄自《隨筆》卷一。
◎ 蔡京，字元長，北宋末為太師，仙遊（今屬福建）人。
◎ 吳伯舉，不詳。

念樓讀

北宋時候，吳伯舉做蘇州太守。蔡京那時對他十分賞識，當宰相後，立刻推薦他入京任職，又一連三次提拔，使他擔任相當於中央政府副祕書長的高官。吳伯舉卻不能事事同蔡京保持一致，於是後來被貶到揚州當地方官去了。有人為吳伯舉抱不平，向蔡京提意見。蔡京說：

「既要做官，又要做好人。吳伯舉他也不想想，這兩件事情是兼顧得來的麼？」這話可真稱得上喪心病狂了。

念樓曰

要做官，便不能做好人。蔡京這樣說，他也是這樣做的。

司馬光執政時，蔡京任開封知府。司馬光停止「新政」，恢復「差役法」，限期五日實行。大家都說辦不到，只有蔡京雷厲風行，如期完成，因而受到表揚。可很快司馬光下了台，章惇又上了台，重行「僱役法」，蔡見風轉舵，更加雷厲風行，遂得一路升官，終於取章惇而代之，當上了首相。

蔡京確實不怕做惡人，他當權時盡貶支持司馬光的諸臣，稱其為「奸黨」，又籍沒批評「新政」者，稱其為「邪等」，共三百零九人。他對這些人的子孫亦予以禁錮，並將其姓名刻石立碑，決心辦成「鐵案」，做惡人做到底。

好在惡人到底做不太久。蔡京和他兒子的官，做到金兵南下時終於還是丟掉了，父子還先後送了命。

女人之妒

●學其短

[吃醋]

浙江轉運張映璣，山東人，性寬和，善滑稽。一日出署，有婦人攔輿投呈，則告其夫之寵妾滅妻者也。公作杭語從容語之曰：「阿奶，我係鹽務官職，並非地方有司，但管人家吃鹽事，不管人家吃醋事也。」笑而善遣之。

‖ 梁紹壬 ‖

◎ 本文錄自《隨筆》卷二。

念樓讀

山東人張映璣在浙江當鹽運使，他的性情平易近人，尤其喜歡開玩笑。某天坐官轎出門，有個女人攔着他的轎子喊冤，狀告丈夫寵愛小老婆而欺壓她。張映璣接過狀紙一看，便邊笑邊用學來的杭州話對她說：

「阿奶！我這個官職只管鹽事，不管民事，只管得人家吃鹽，管不得人家吃醋啊！」

隨即吩咐手下人好好地勸那個女人回家去。

念樓曰

用「吃醋」形容男女之間產生的嫉妒，不知始於何時。元人雜劇、明人話本中，即已常見此語，但我想一定還要早得多。因為這種情感恐怕是人類與生俱來的，亞當和夏娃離開了樂園，有了第三者、第四者⋯⋯，其爆發即無法避免。《聖經》云「愛情如死般堅強，嫉妒如地獄般殘忍」，只此一語，便可見它的厲害和無法克服。

無論是民間或士大夫間的笑話，笑「吃醋」的都不少，對象則差不多全是女人，這是很不公平的。古時男人可以有多個女人，對她們實行獨佔；女人則「淫」和「妒」都犯「七出」，有一條便可以被逐出夫家。其實女人也是人，既然是人，便有人的權利和需要，應該得到尊重。要求女人都不「吃醋」，都做《浮生六記》裏的芸娘，一心為丈夫謀娶小老婆，實在不合情理，也是不可能的事。

借 光

🌑 學其短

[詩傍門戶]

吳修齡《圍爐詩話》云：「今人作詩，動稱
盛唐。曾在蘇州見一家舉殯，其銘旌云
『皇明少師文淵閣大學士中公間壁豆腐店
王阿奶之靈柩』，可以移贈諸公。」此雖虐
謔，然依人門戶者可以戒矣。

‖ 梁紹壬 ‖

◎ 本文錄自《隨筆》卷三。
◎ 吳修齡，名喬，一名殳，清初太倉（今屬江蘇）人，著有《西
崑發微》《圍爐詩話》等。

念樓讀

寫《圍爐詩話》的吳修齡說：

「現在作詩的人，總喜歡依附名家，標榜甚麼體、甚麼派，不禁使我想起蘇州一戶人家送葬的銘旌，長長的白布幔上面寫着的大字是：

大明太子少保文淵閣大學士申公隔壁豆腐店王娭毑之靈柩

我想，這樣的銘旌，請那些一心想依附名家的人們高高舉起，走在甚麼門派的隊伍前頭，大概也還合適。」

吳氏的話說得挖苦了一些，但是對趨炎附勢的人，刺他們一下也好。

念樓曰

大學士就是宰相，為文職最高官，正一品。少師即太子少保（長沙有席少保祠），為僅次於太子太保的榮譽頭銜。大學士加少師銜，等於現在的常務副總理，申公的榮光自不待言。但這和隔壁豆腐店的王娭毑有甚麼關係呢？除了隔壁鄰居這一點外，實在可以說毫無關係。

明明沒有甚麼關係，偏要扯上關係，目的全在借光。王阿奶家，小門小戶，想把喪事辦得光彩一點，未嘗不情有可原；但扯得太沒有邊了，效果又會適得其反。《傳世藏書》請季羨林當主編，印《閒情偶寄》請余秋雨作序，還不和「作詩動稱盛唐」一樣只能令人齒冷？還不如像《儒林外史》裏的戲子鮑文卿，死後銘旌就題「皇明義民」四個字，只要有老友向鼎來題。

立威信

● 學其短

［上舍］

明初，一上舍任都掌院。羣屬忽之，約二三新差巡按者請教。掌院厲聲云：「出去不可使人怕，歸來不可使人笑。」聞者凜然。

‖ 梁紹壬 ‖

◎ 本文錄自《隨筆》卷五。

● 念樓讀

明朝初年，一位監生出身的官員，當了都察院的都御史。科第出身的御史們看不起他，約了幾個即將出差到外省去巡按的，一同去請他做訓示，想試試他的斤兩。

誰知他竟毫不推辭，立即接見，放大聲音講的重話卻只有兩句：

「從這裏出去，不要使人害怕；回到這裏來，不要讓人笑話。」這兩句話一說出來，從此全院上下，再沒人敢小看這位學歷不硬扎的新來的主官了。

● 念樓曰

這裏講的是一位原來為下屬看不起的主官如何為自己樹立威信的故事。

科舉時代，由秀才、舉人、進士一路考上去，經過殿試分派官職，叫做正途出身，資格才過得硬。監生本來是進京師國子監讀書的生員，後來則多由父兄功勛或捐納銀兩取得空名，等於現在得獎或買來的文憑，為讀書人所看不起。

都掌院即都察院，為最高監察機關，且有奏言政事的權責。其主官稱都御史，為從一品，高於正部級。下設御史若干名，為從五品，相當於副局級，級別雖不高，對於分管的省、道，尤其是前往巡按時，卻有彈劾專斷之權。如果擅作威福，便會使人怕；若以權謀私，便會被恥笑。主官話雖不多，卻擊中了要害，要言不煩，威信自立。

夏紫秋黃

學其短

[葡萄]

北地葡萄最美。有客問:「南中何以敵此?」汪鈍翁曰:「橘柚秋黃,楊梅夏紫。」此與「千里蓴絲,末下鹽豉」「春初早韭,秋末晚菘」同一風致。

‖ 梁紹壬 ‖

◎ 本文錄自《隨筆》卷七。
◎ 汪鈍翁,名琬,清長洲(今蘇州)人。

念樓讀

北方的水果，品味最佳妙的莫過於葡萄。有人問汪琬：

「南方的水果，有甚麼能和葡萄相比呢？」

汪答道：「秋天有金黃的橘柚，夏天有紫紅的楊梅。」

這答語比得上晉代名人陸機的名句：「千里地方的蒓菜絲做湯，末下出產的鹹豆豉調味。」

還有南朝「出口成章」的周顒所說的「早春剪下的嫩韭葉，霜後摘取的白菜心」。

這三句話，都形容出了食物令人歆羨的色香味。

念樓曰

話題別致，吐屬風流，也是文人雅趣的一種表現。梁紹壬引來和汪鈍翁「橘柚、楊梅」句相比的「蒓絲、鹽豉」，出自《晉書·陸機傳》，而文字微有不同，《晉書》的原文是：

（王）濟指羊酪謂機曰：「卿吳中何以敵此？」答云：「千里蒓羹，未下鹽豉。」

通常解釋為：從遠方運來蒓菜，淡煮作羹不加鹽豉。或謂蒓菜不能致遠，也沒有淡吃的，以為「未」字係「末」字傳寫之誤，千里和末下都是吳中的地名。《兩般秋雨盦隨筆》是採取後一說的。「早韭、晚菘」句，則出自《南史·周顒傳》：

文惠太子問顒：「菜食何味最勝？」顒曰：「春初早韭，秋末晚菘。」

春在堂隨筆八篇〔俞樾〕

夫妻合印

學其短

［詞場佳話］

華亭尹冰叔鎣德，以其祖母黄紡織圖索
題。圖中題者甚眾，有張春水七古一章，
署云「吳江張澹未定草，璞卿女史陸惠
書」，鈐一小印云「文章知己，患難夫妻，
張春水陸璞卿合印」，亦詞場佳話也。

‖ 俞樾 ‖

◎ 本文錄自俞樾《春在堂隨筆》（下簡稱《隨筆》）卷一，原無
　 題，下同。
◎ 俞樾，號曲園，清末浙江德清人。
◎ 華亭，舊縣名，後改名松江，今屬上海。
◎ 張澹，字春水，清末江蘇震澤（後併入吳江）人。

● 念樓讀

　　松江的尹鋆德（別字冰叔）拿了一卷畫來叫我題詩，畫的是他祖母黃老太太在紡織，已經題詠不少了。其中有一首七言古詩，作者署名「吳江張澹」，書者是「璞卿女史陸惠」，最有意思的是蓋的一枚圖章：

　　文章知己／患難夫妻／張春水陸璞卿合印

既是患難夫妻，又是文章知己，真可說是文壇佳話。

● 念樓曰

　　從現代各國（包括中國）實際情況看，女子在文學藝術方面的天賦和能力，絕對不比男子差。但古代中國的女文學家、藝術家，真正為多數人認知認可的，卻屈指可數。女詩人還有個李清照，女畫家、女書家就很難數得出。杜甫詩「學書初學衛夫人」，可是唐人論書法將她列為「下之下品」，作品亦不見（至少我不見）有傳世的，不好硬拉來湊數。

　　直到「少文缺禮」的蒙古和滿洲來做了主，男尊女卑的關係才起了微妙的變化。女子的地位雖未上升，男子的地位一下降，差距漸漸縮小，才有了管夫人「書牘行草，殆與其夫不辨」的評價，但宋濂修《元史》，仍然連她的名字都沒有提。張春水、陸璞卿這一對「文章知己」，已是鴉片戰爭以後的人，又是以鬻書畫為業而非仕宦之家，才能如此「合印」。如果換成了當宰相的「劉羅鍋」，那就說甚麼也不會讓為他代筆的姬人蓋印落款。

百工池

學其短

［非顛僧遺跡］

余遊淨慈寺，寺僧大圓指門外百工池，謂
是宋時顛僧道濟遺跡。余按《西湖志》云：
「宋建炎已前，寺累遭火，鞠為荊墟。熙
寧間有善青烏之術者云，須鑿池以禳之。
寺僧寶文乃募化開池，與力者萬人，故
名。」則此池之開，非道濟也。世俗知有
道濟，不知有寶文，傳訛久矣。

‖ 俞樾 ‖

◎ 本文錄自《隨筆》卷二。
◎ 道濟，南宋僧人，世稱濟公。
◎ 熙寧，宋神宗年號，一〇六八 — 一〇七七年。
◎ 青烏術，即青烏術，今稱「風水」。

念樓讀

西湖淨慈寺外有一個「百工池」，寺裏的大圓和尚說，這是濟公和尚開出來的。

查《西湖志》，淨慈寺歷史上多次發生火災，北宋熙寧年間，有會風水的人說，須得挖一處水池才能消災。當時的住持寶文和尚為此發動募捐，參加捐助者不下萬人，才建成「百工池」。可見此池在北宋即已修成，與南宋時的濟公並無關係。

如今都說是濟公開池，全不知是寶文和尚出的力。以訛傳訛，真偽真有些難辨。

念樓曰

濟公倒是實有其人的，他出生在台州，原名李心遠。後在杭州靈隱寺出家，法名道濟，一直瘋瘋癲癲，不守戒律，喝酒吃肉，被稱為「濟顛」，常做出些不可思議的不尋常的事。入淨慈寺後，其名聲漸大，經過附會渲染，「靈跡」越來越多，幾乎被信眾視為「活佛」，許多事跡都歸到了他的名下。

寶文和尚募捐修成「百工池」，乃是濟公之前一百多年的事情，《西湖志》記載得清清楚楚。可是眾口一詞，都要把開池歸功於濟公的法力，連本寺的老和尚也這樣認為。

俞樾畢竟讀書多，一翻《西湖志》，便判明了真偽。但他的文章又有幾人讀？「濟公」我卻在電視上看過好多回。

碧螺春

［洞庭山茶葉］

洞庭山出茶葉，名碧蘿春。余寓蘇久，數有以饋者，然佳者亦不易得。屠君石巨居山中，以《隱梅庵圖》屬題，餉一小瓶，色味香俱清絕。余攜至詁經精舍，汲西湖水，瀹碧蘿春，歎曰：窮措大口福，被此折盡矣。

‖ 俞樾 ‖

◎ 本文錄自《隨筆》卷二。

念樓讀

太湖洞庭山出產名茶碧螺春，我久住蘇州，送碧螺春給我的不算太少，真正的極品卻難遇到。

屠石巨家住洞庭山，拿了《隱梅庵圖》來要我題詩，送給我一小瓶（碧螺春）。那顏色，那味道，那香氣，才是真正的極品。

我將它帶回杭州住處，打來湖畔的好泉水將它泡上，品味之餘，不禁歎息道：窮書生有限的口福，只怕這一盞茶便讓我享用完啦。

念樓日

「碧蘿春」應作「碧螺春」。比俞樾大一百三十八歲的王應奎寫的《柳南隨筆》中說，此茶原是洞庭東山上「野茶數株」所產，某年採摘時筐盛不下，揣了些在懷裏，受熱後香氣勃發，採茶人直喊香得嚇殺人了。「嚇殺人者，吳中方言也，因遂以名是茶。」康熙三十八年即一六九九年南巡到太湖，巡撫宋犖「購此茶以進，上以其名（嚇殺人）不雅，題之曰碧螺春。自是地方大吏歲必採辦，而售者往往以偽亂真」。

野茶樹就那麼幾株，地方大吏採辦了去進貢的尚不免「以偽亂真」，俞樾說「佳者亦不易得」當然是事實；但在一百九十年後（《春在堂隨筆》刊行於光緒十五年即一八八九年），將碧螺春的「螺」改成「蘿」，則似乎不必。時間又過去了一百二十年，王稼句君今年寄來的兩盒，上面印的名字也還是「碧螺春」。

又是一回事

⊕ 學其短

[謝夢漁]

余同年生謝夢漁，以庚戌進士第三人及第，學問淹雅，官京師二十餘年，鬱鬱不得志。嘗語余曰：「學問是一事，科名是一事，祿位是一事，三者分而不合。有學問者不必有科名也，有科名者不必有祿位也。」余深韙其言。偶以語何子貞前輩，先生曰：「傳不傳，又是一事。」

‖ 俞樾 ‖

◎ 本文錄自《隨筆》卷二。
◎ 同年生，同一榜考試得中者。
◎ 謝夢漁，名增，江蘇人。
◎ 庚戌，清道光三十年。
◎ 何子貞，名紹基，清湖南道州（今道縣）人。

念樓讀

道光庚戌年和我同榜中進士的謝夢漁，考得很好，是第三名探花及第，學問也不錯，可是官運不好，當了二十多年京官，一直不得重用。他曾對我說：

「學問是一回事，考試是一回事，官運又是一回事，各不相干；有學問的未必考得好，考得好的也未必能升官。」

我把他的話告訴了翰林前輩何紹基先生。何先生加上了一句：「有學問，能不能真正出成果，恐怕又是另外一回事。」

念樓曰

中國是名副其實的考試大國，千年以來體制屢變，只有這一點始終沒變。中國人讀書，也主要是為了考試。

但書讀得好不等於會考得好，俞曲園的書讀得未必不如謝夢漁（保和殿複試俞取得第一），後來學問文章的成就更遠大於謝夢漁，進士名次卻讓謝居了先。

俗話道：「一緣二運三風水，四積陰功五讀書。」說的就是書讀得好不好，與能不能考中狀元、探花，能不能被保送清華、北大，當然頗有關係，但亦不如跟貴人有緣千里來相會，或者幸運地拿到了一兩塊奧運金牌，或者爺爺奶奶的墳風水好，爸爸媽媽積了陰功，因而可以一擲千萬元作「教育投資」，更有把握。

紀歲珠

學其短

［歙人婦］

吳牧騮太守仰賢，手錄所為詩一冊見示，內有《紀歲珠》一首，序云：「歙人某，娶婦甫一月，即行賈。婦刺繡易食，以其所餘，歲置一珠，以彩絲繫之，曰紀歲珠。夫歸，婦歿已三載，啟篋得珠，已積二十餘顆。」余謂此婦幽貞自守，而紀歲珠之名亦新豔可傳，惜不得其姓氏也。

‖ 俞樾 ‖

◎ 本文錄自《隨筆》卷五。
◎ 歙，音 shè，歙縣，今屬安徽黃山市。

念樓讀

吳仰賢太守（別字牧騶）將他自己作的詩抄了一冊，拿給我看，其中一首題為《紀歲珠》的，有小序介紹本事：

徽州有一個商人，新婚剛滿月，便出外經商。其妻在家，以刺繡維生，每年都要用節省下來的錢，買一顆珍珠用彩色絲線絡起，取名「紀歲珠」，作為對遠行不歸的丈夫的紀念。

待得這個徽州商人回來，他的妻已死去三年。打開她的箱子，用彩色絲線精心結絡成串的紀歲珠，數一數，已經串連二十多顆了。

紀歲珠這名字取得真好，記錄了這個女人好不容易打發的一生——只可惜我們不知道她的名姓。

念樓曰

這實在是一個淒慘的故事，它訴說着舊時代婦女的無告和無望、寂寞和淒苦。俞曲園能記下這故事是可取的，說它「新豔可傳」，這「豔」字看出他賞玩的態度，就不可取了。

成書早於《春在堂隨筆》的《熙朝新語》，亦記有此事，末云：

汪千鼎洪度為作《紀歲珠》詩云：「珠纍纍，天涯客，歸未歸？」較白香山「商人重利輕別離」之句，尤覺婉約可悲。

這「婉約可悲」四個字用在這裏，就比「新豔可傳」好多了。

白居易在潯陽江頭遇到的只是又一個「蘇三」，還在為來往客官們賣藝，而這位守着二十餘顆紀歲珠守到死的徽州女子，卻是想抱琵琶也沒得抱的。

甘露餅

學其短

[勒少仲送餅]

甘露餅出天長縣，一餅直錢九，味不過甜，而鬆脆異常。勒少仲同年偶得百枚，分貽吳平齋、應敏齋及余各二十四枚。滕以書云：「此餅風味頗佳，請試嘗之，不知尚足一說否？」余報以書云：「此蘇家為，甚酥也。」偶書於此，識老饕口福。

‖ 俞樾 ‖

◎ 本文錄自《隨筆》卷五。
◎ 天長縣（今天長市），屬安徽，鄰近江蘇。
◎ 勒少仲，名方錡，字悟九，江西新建人。
◎ 吳平齋，名雲，號退樓，浙江歸安人。
◎ 應敏齋，字寶時，浙江永康人。

念樓讀

甘露餅是天長縣的特產，九文錢一枚，並不特別甜，卻特別鬆脆。

勒少仲有次得到一百枚，認為難得，分送給我和吳平齋、應敏齋二君各二十四枚。

他在送餅來的信中說：「此餅風味很不錯，特送請一嚐，如果感覺還好，可否寫它一寫？」

他顯然不知道，對於我來說，這並不是甚麼新奇之物，於是我回信道：「這是天長蘇家的出品，所以做得這樣酥。」有意賣弄了一下自己的老資格。

但不管如何，能夠又一回吃到自己喜歡的甘露餅，心情總是高興的，一下子竟彷彿回到了頑皮的少年時。

念樓日

勒、吳、應、俞四人，都是談文論學的朋友。勒方錡做到了河道總督，應寶時署江蘇布政使，吳雲署蘇州知府，官都比俞樾大，寫文章則是俞當仁不讓的事情。每人送二十四枚餅，看得出他們完全是以文人身分平等相待、隨意往來，自有一份生活的情趣。

一百二三十年前，哪怕在蘇南這樣富庶之區，物資交流也是不怎麼通暢的。出生於江西偏遠小縣的勒方錡，恐怕還是到江蘇當了河督，才能「偶得百枚」甘露餅。初嚐之後，覺得「風味頗佳」，趕忙分贈三位好友「各二十四枚」，自己剩下的也就只有這麼多了吧，誰知卻被俞樾幽了一默。

封印

學其短

[官府年假]

《西湖遊覽志》，乃明嘉靖時田汝成所著，內有一條云：「除夕官府封印，不復簽押，至新正三日始開。」然則明代封印，殆止此四日歟。今制未知何時更定，亦宜查考也。

| 俞樾 |

◎ 本文錄自《隨筆》卷六。
◎ 嘉靖，明世宗年號，一五二二 — 一五六六年。
◎ 田汝成，字叔禾，明錢塘（今杭州）人。

念樓讀

明朝嘉靖年間，田汝成著《西湖遊覽志》，說是政府機關在每年大年三十那天將印加封，停止用印，新年正月初三過後將印啟封，開始辦理公事。

可見當時封印的時間只有四天。

現在年頭年尾官廳封印的時間卻長達一個月，此規定不知是何時開始實行的，值得查考查考。

念樓曰

看《平貴回窰》，王寶釧不相信丈夫成了西涼國主，而當丈夫邊唱邊做，「用手拿出番邦寶，三姐拿去仔細瞧」，一瞧，便連忙跪下討封了。此「寶」即是印，在古代亦即是權力的標誌和代表。

舊戲中還有一齣《煉印》，說的是官員失去印信便失去了權力的故事。

古時印璽確實能夠代表政權，不僅僅作為印鑒。新官到任，未接印前，便不是官。過年封了印，官府便不能行政，更不能執法了。封印和開印都是很鄭重的事情，要按規定，不能隨意。

明朝封印時間規定是四天。而清朝則規定十二月十九至廿二擇吉封印，至明年正月十九至廿一擇吉開印，封印時間長達一個月。

看來政府機關放假越來越長，公務人員越來越懶，歷史上從來即是如此。

不說現話

學其短

[賦七夕]

自來賦七夕詩詞，大率傷其離多歡少，否
則羨其有生離無死別耳。丁丑七夕，恩竹
樵方伯賦《訴衷情》詞，索同人和。潘玉
泉觀察和云：「仙家歲月異人間，彈指便
經年。一年一度相見，小別即團圓。」此
意頗未經人道也。

│ 俞樾 │

◎ 本文錄自《隨筆》卷七。
◎ 恩竹樵，名錫，字新甫。
◎ 潘玉泉，未詳。

念樓讀

寫牛郎織女的詩詞，一般都是感懷有情人被無情阻隔，分別多而歡會少，或欣慕生離勝於死別，怨偶總有相聚時，很少有別出機杼的。

光緒三年七夕，恩竹樵填了一首《訴衷情》詞，邀友人唱和，潘玉泉的和作中，有這樣幾句：

神仙過的日子從來就不似人間，

都說道山中方七日世上已千年。

在凡人看來是一年只許一相見，

他們兩個卻是剛剛離別又團圓。

這一層意思，好像倒是未曾有人說過的。

念樓曰

潘君之作，其實也很平庸。他說「仙家歲月」流逝得比人間慢得多，凡人的一年只等於他們短短幾天，牛郎織女「小別即團圓」，不會覺得有多麼難受。殊不知七夕題材本在刻畫相思不得相見的痛苦，這樣冷冰冰一解釋，反而毫無詩意了。俞曲園看中的，恐怕只是他不跟着人家說同樣的話這一點。

在我們的政治社會中，尤其在強調「保持一致」的時候，說現話是必然的，因為不可能有說不同的話的選擇。都喊萬歲，你怎能喊少幾歲，就是喊九千歲也不行啊。但如果還要搞點文化，尤其是搞文學藝術，不說現話便是最起碼的要求了。

書名題籤：鍾叔河

念樓學短

第二冊

鍾叔河 ／著

責任編輯　　　鍾昕恩
裝幀設計　　　陳淑娟
排　版　　　　漢圖美術設計
印　務　　　　劉漢舉

出版 / 中華書局（香港）有限公司

香港北角英皇道四九九號北角工業大廈一樓 B
電話：（852）2137 2338　　傳真：（852）2713 8202
電子郵件：info@chunghwabook.com.hk
網址：http://www.chunghwabook.com.hk

發行 / 香港聯合書刊物流有限公司

香港新界大埔汀麗路三十六號
中華商務印刷大廈三字樓
電話：（852）2150 2100　　傳真：（852）2407 3062
電子郵件：info@suplogistics.com.hk

印刷 / 美雅印刷製本有限公司

香港觀塘榮業街六號海濱工業大廈四樓 A 室

版次 / 2020 年 6 月第 1 版第 1 次印刷
©2020 中華書局（香港）有限公司

規格 / 16 開（210mm×150mm）
ISBN / 978-988-8675-78-4

本書中文繁體版本由後浪出版咨詢（北京）有限責任公司授權
中華書局（香港）有限公司在香港和澳門地區獨家出版、發行